仓央嘉措诗精编

（彩插版）

【清】仓央嘉措 著

长江出版传媒
长江文艺出版社

图书在版编目（C I P）数据

仓央嘉措诗精编 / （清）仓央嘉措著. -- 武汉 : 长江文艺出版社， 2017.7（2019.1重印）
ISBN 978-7-5354-9575-4

Ⅰ. ①仓… Ⅱ. ①仓… Ⅲ. ①古典诗歌－诗集－中国－清代 Ⅳ. ①I222.749

中国版本图书馆 CIP 数据核字(2017)第 075889 号

责任编辑：张远林　　　　责任校对：陈　琪
封面设计：八牛・设计　　　　责任印制：邱　莉　刘　星

出版：长江出版传媒 | 长江文艺出版社
地址：武汉市雄楚大街 268 号　　　　邮编：430070
发行：长江文艺出版社
电话：027—87679360
http://www.cjlap.com
印刷：湖北新华印务有限公司

开本：640 毫米×970 毫米　1/16　印张：13.25　插页：6 页
版次：2017 年 7 月第 1 版　　2019 年 1 月第 4 次印刷
行数：3369 行

定价：32.00 元

目录

每个人心中都有一个仓央嘉措

喜欢仓央嘉措诗的人越来越多了。我一直在想，这到底是什么原因。一位藏族高僧说了一段话，我觉得说得挺好的。他说："六世达赖以世间法让俗人看到了出世法中广大的精神世界，他的诗歌和歌曲净化了一代又一代人的心灵。他用最真诚的慈悲让俗人感受到了佛法并不是高不可及，他的特立独行让我们领受到了真正的教义！"

喜欢就是喜欢，也许理由很简单：因为他的诗触碰到我们的灵魂深处，让我们的灵魂在瞬间战栗，情感就像因风而起的水晕一样，一轮一轮，一圈一圈，蔓延开去，直至整个人被淹没，恍然若失。

真　诚

他是住在布达拉宫的雪域之王，他承载着视信仰为生命的整个藏地人民的巨大信仰。这是天赐的光环，是命运的安排。但命运之手却又播弄了他的人生轨迹，他之所以活在无数后来人的心中，并不是因了他高贵的身份，而是因为他的诗。

是的，他是中国17世纪中叶至18世纪初最伟大的两个诗人之一。一个是他，一个是流着蒙满血液的纳兰容若。

他一反对经典的因循与仿制，一反文人写作的匠心与雕琢，用一种贴近天然的手法奏出一种接近天籁的声音。用一颗向着此生悲欢、纯任自然的赤子之心倾诉着他的至情与真诚。这种一以贯之的“天真”，注入了他的情感和呼吸，一字一句，砰然落地。让每个触碰到他诗句的后人，身不由已地沉沦。

真正的诗人从来不是在玩文字游戏，而是在像他的诗一样生活。正是这种从灵魂当中雀跃而出的文字，才有力量戳穿这滚滚红尘，放射出熠熠的生命之光，点亮每个追求美好、向往美好的敏感心灵。

他的情歌，用了最贴近人心的民歌体。那些情歌都是从灵魂的湖泊起飞，去拥抱烟火的人间。作为一个格鲁派的领袖，他的诗中没有作为一个王或至尊所应有的尊贵与高高在上的面孔与气势，没有作为一个法王不食人间烟火的神圣，有的却只是面朝俗世人生敞开胸怀的爱的投射，是无时无刻不向往自由、向往此生欢喜的天真！

当凡夫俗子以艳羡的姿态仰望着他，渴望着他所拥有的一切时，他却在渴望着凡夫俗子的幸福。他是格鲁派的法王，戒律清规让他不得拥有人间的情爱。但欲望之花还是从人性当中自然而然地开放出来了，僧与俗、佛与尘、枷锁与人性，矛盾纠结与缠绕，让他的灵魂承受了多少煎熬与洗礼？

他拥有普通人所没有的幸福，所以他拥有的也不是普通人所拥有的痛苦。理想当中的幸福有多耀眼，现实当中痛苦就有多辉煌。对普通人而言，正常的生死爱欲的纠缠，对一个修行的人来说，是一次又一次的燃尽心灰的劫。

他问：世间安得双全法，不负如来不负卿？

他说：观修的喇嘛面容，没在心中显现。不想的情人容颜，却在心中映见。

他怨：第一最好不见，免得彼此相恋；第二最好不识，免得彼此相思。

矛盾撕扯。欲望交战。

这一朵盛放在人间当中的绚丽烟火啊，这一颗饱含着七情六欲的真诚灵魂！这一个迷失在修行之途中的赤子！

孤　独

这一个在矛盾与痛苦中纠结的灵魂，又是何其孤独。

故乡不可眷恋。

那让灵魂可以自由飞翔的故乡的草原，在哪里呢？那像格桑花一样宁静安详的阿妈的笑，在哪里呢？“山上的草坝黄了，山下的树叶落了。杜鹃若是燕子，飞向门隅多好！”门隅，他的故乡，也许这浓浓的孤独和相思，只有故乡的山和水才能消磨得尽，才能抚慰得平。

爱人不可眷恋。

“默想的上师面容，未在心中出现，不想的情人容颜，却在心中明明朗朗地映现。”夜晚的月光洒在地上，像极了情人的温柔。他伸出手去，想捧住它，握在手心里的，只是一个冰凉的梦，还有空空的孤独！

青灯黄卷，经声佛火。这就是一个生命力正旺盛的十五岁的仓央嘉措，从今以后，要过的生活。自迎往拉萨接受坐床仪式之后，学习几乎是他生命的全部。布达拉宫，也是他真正唯一的处所。

金碧辉煌的布达拉宫，巍峨而宏伟。作为雪域之王，他的寝宫，也尽现奢华。即使这样，那又怎样？他所有的也不过是一日三餐，夜卧一床而已。他每天的任务就是学经、辩经。世人哪里知道这金碧辉煌的布宫也贮满了他金碧辉煌的忧伤。

那无处不在的孤独，总是在不经意间袭来。这也是我们每个人一生中都逃不掉的一种感觉。它是人的宿命，爱和友谊不能把它根除，只能将它抚慰。

“这么静，比诵经声还静。我骑上我的白鹿，白鹿踏着，尚未落地的雪花，轻如幻影。本来是去远山拾梦，却惊醒了，梦中的你。”这是一种真正的寂寞，是一种深入骨髓的空虚，一种令你发狂的空虚。

真正的孤寂是精神上的。

如果只是单调枯燥的生活，戒律严明的清规，还不足以让人不堪，只要他内心中有一盏希望的明灯。仓央嘉措不知道他的希望，他精神的明灯在哪里。因为，他只是被供奉在高高法位之上的一个傀儡，是一个处在权势之争棋盘当中的棋子，进退全不由自己。

权力不可眷恋。

他付出了所有，自由、爱情、亲情，却换来了一个不能自主、徒有其华美外表的傀儡身份。他多想逃出去，走出布达拉宫，去寻找他心爱的情人。然而，他连选择逃避的自由也没有！他走得出这宫殿，走得出无数信徒的心么？走得出这巨大的敬仰么？在一个视信仰为生命的民族里，他能够打破这寄托着无数子民莫大信仰的象征，选择放弃么？

他没有选择的自由，连决定自己去留的自由也没有。

这无人能解，无人能共的孤独啊！将灵魂挤压得无法喘息，逃无可逃！能够帮助他的，惟有手中的那一支笔，惟有诗歌。还有那浓浓的烈酒，以及放浪的形骸。

如是有了关于他行为放荡的种种传言，如是有了他与玛吉阿米的旖旎爱情传说。

“别怪活佛仓央嘉措风流浪荡，他想要的和凡人没什么两样”，他想要的和凡人是没有什么两样，但他所承受的孤独和痛苦，却是凡人无法领会得到的。也许，红尘、情爱与烈酒，只是他麻醉自己的一种方式而已。

也许放荡是其形骸，孤独才是其内质。在浩歌狂热之中寂，这种寂，是真正的孤独。

这是一个还没有清醒的迷失的灵魂。以情证佛，以真证诗，这是他修行之途上的劫。

信　仰

谁说爱不是另一种信仰，另一种修行？

对仓央嘉措而言，爱是修行，穿越了情爱的迷障，他在孤独中重生了。

“太上忘情，最下不及情。情之所中，正在我辈。”我辈之中的人，可以用生命去践行对情爱的执著。仓央嘉措是佛法中人，没有什么是执著得放不下的，高贵的终将衰微，积累的终将消散。勘破了，也就自在了，自在了，也就放下了。

我们宁愿相信，仓央嘉措是在以情修佛缘。最终选择了弘法利生，大爱苍生。

每一个进入红尘的菩萨都要经受人生的各种痛苦。当你经历了，你才能了解，才更加爱世人，慈悲世人，这是菩萨的成佛之路。尽管这条路充满坎坷和荆棘，尽管他们一时会性迷菩提。比如爱一个人，这本身就是一种修行。如果没有爱，我们怎么可能了解人世最深刻的感情呢？深挚的感情让我们心怀感恩，痛苦悲伤让我们彻悟爱的真谛。因为爱过，所以宽容；因为懂得，所以慈悲。身历之后，以心换心，才更懂得慈悲之道，才更会体恤苍生。仓央嘉措所历经的爱欲种种，让他懂得执著不舍世间任何一件人事是多么愚蠢啊。

佛是慈悲的，就像莲花生大士说的：“我从未离弃信仰我的人，或甚至不信我的人，虽然他们看不见我。我的孩子，我将永远用我慈悲的心护卫着你。”真正的慈悲，不会舍弃任何人，对那些红尘滚滚中执著于某种欲念误入歧途、经历煎熬的芸芸众生，他恨不能自己能代替他们。

当你怀着对佛的深深的信仰，当你知道佛是不会舍弃你的——一个在痛苦和欲望的泥沼里苦苦挣扎、走尽弯路的灵魂，你就会在信仰中获得重生。

经历了爱的修行的仓央嘉措，参透了生死爱欲，呈现出的是一种清静相。

于是，迦叶拈花，世尊微笑。

我们天生需要爱，却未必晓得如何爱，应爱谁。像耶稣的比喻和禅宗的公案一样，我们大抵只能从比喻去靠近它。不要用头脑、用道理，而是用心去贴近，打开自己，用心体会，开发启悟空间。对仓央嘉措也一样，我们能接近他的惟一方式是：用心体会，用心贴近！

那沿着漫长时光蔓生的传说，向着无穷远的未来悄无声息滋长着美丽。已经成为传说的他们，无论如何无法真实，却无论如何始终美好。它们是不能真实的，但它们的存在却始终有着真实的意义。哪怕让人生出美丽素朴的憧憬，追求自由的激情和超越自我的勇气。

真相从来都不重要，重要的是我们愿意相信的真相。

每个人都有自己心中的仓央嘉措。

仓央嘉措 情诗

仓央嘉措（1683~1706？），门巴族人，六世达赖喇嘛，西藏历史上著名的人物。公元1683年生于西藏南部门隅的一户农奴家庭，父亲扎西丹增，母亲次旦拉姆。家中世代信奉宁玛派（红教）佛教。仓央嘉措出生时，恰逢五世达赖逝世，西藏政治斗争严峻。他自小被西藏的执政者桑杰嘉措指认为五世达赖的转世。1697年，仓央嘉措十五岁时，在拉萨举行坐床典礼，成为六世达赖。实际上，桑杰嘉措掌西藏实权，他只是一个政治傀儡。随着桑杰嘉措与拉藏汗的矛盾斗争尖锐化，1705年，双方爆发战争，桑杰嘉措兵败被处死。拉藏汗诬仓央嘉措为假达赖，认为他行为不检，请清政府废黜。1706年，为平衡西藏政治，清政府同意将仓央嘉措押往北京，在途经青海湖时，仓央嘉措病逝，年仅25岁。也有传说，说他舍弃法王，神秘遁走，周游蒙古、西藏、印度、尼泊尔，后在阿拉善去世，年64岁。

在那东山顶上

在那东山顶上
升起皎洁月亮
母亲般情人的面容
时时浮现我心上

【诗解】 此诗关键在对“玛吉阿玛”的理解。若理解为“少女”“未生娘”，则为情诗，面对皎月，心生温情，由物及人，情人面容自然浮现心上。若解为“像母亲一样的少女”“如母众生”，则为修行诗。看到东山升起的皎洁月亮，心中浮起像明月光辉一样广大的慈悲情怀。——第3行：母亲，原文为“玛吉阿玛”，有的译为“少女”、“佳人”、“未生娘”。这里意为情人对自己的恩情像母亲一样。

去年种的青苗

去年种的青苗
今年已成秸秆
少年忽忽衰老
身比南弓还弯

【诗解】禾苗去年还青青茁壮，今年便已枯萎。本来青春的少年，转瞬便已衰老。人生几何，譬如朝露。人啊，应当在无常易逝的人生当中，早早觉悟。——第4行：南弓，藏南、不丹等地盛产良弓，多以竹为之。仓央嘉措生于藏南，有人认为此诗是他的自喻诗。

我那心爱的人儿

我那心爱的人儿
若是能终身偕老
就像从大海底下
捞上来一件奇珍异宝

【诗解】此诗不只是表达对情人的深厚感情。从大海里采来奇珍异宝谈何容易，所以，执子之手、与子偕老更是一种奢侈。美好的东西从来短暂，所以更要珍惜。

途中偶遇情人

途中偶遇情人
溢着醉人芳香
担心像那松石
拾到又弃置路旁

【诗解】世间男人，谁没有过路遇佳人、怦然心动，结果又擦肩而过、徒留追忆的经历呢？邂逅又错失是常事，捡起又抛弃更为寻常。只是，谁知道在你某次丢弃的石头里，也许就有一块是珍贵的白松石呢？要修炼，才能拥有一双识破迷障的慧眼。——第 3 行：松石，是藏人喜欢的一种宝石，他们认为松石有避邪护身的功用。

达官贵人的千金

达官贵人的千金
她那艳丽的面庞
看似高高桃树尖上
熟透了的果儿一样

【诗解】“窈窕淑女，君子好逑。”世上有情，莫不如此。真正有慧根的人，心不是枯竭僵化的。必经历世情种种，欲望种种，才谈得上看破，放下。

心儿跟她去了

心儿跟她去了
夜里睡不着觉
白天没有得手
让人意冷心灰！

【诗解】 此诗意同上一首。“求之不得，辗转反侧”。经历了交战的欲望，才能真正走出迷障。

花期已经过了

花期已经过了
蜂儿别再惆怅
相恋缘分尽了
何必枉自神伤

【诗解】鲜花盛开，蜜蜂应时而来。鲜花凋零，蜜蜂应之而去。一切都自然又平常。情人间的分分合合，何不如此？得不足喜，失不足悲。所谓的烦恼，不过是自找的。

芨芨草上的白霜

芨芨草上的白霜
还有那寒风的使者
就是它们两个
拆散了蜂儿和花朵

【诗解】 白露为霜，百草凋零。蜜蜂与鲜花的甜蜜也要成为过去。爱别离，是人生八苦之一。要脱离苦，唯有看破无常，懂得一切世俗的欢愉都是短暂的。

野鸭流连芦苇

野鸭流连芦苇
想多停留一会
湖面却被冰封
叫人意冷心灰

【诗解】野鸭贪恋栖息之所，结果错过了迁徙时节。等冰雪覆盖了温柔地，徒留伤悲。追求欢乐本没有错，当求过了界，成了贪与执，一切烦恼痛苦都会接踵而至。

渡船虽没情肠

渡船虽没情肠
马头却向后看
负心的人儿啊
不回头看我一眼

【诗解】 无情之物犹作有情之态，有情之人反作负心之举。世事无常，最为无常的，莫过于人的心念。瞬间生灭，来去如电，要如何修行，才能将心念把持住，让它安定？——第 2 行：马头，西藏的木船前面多刻一马头，面向船尾。

集上邂逅姑娘

集上邂逅姑娘
立下海誓山盟
却像花蛇盘的结儿
没碰它就自动开了

【诗解】 山盟海誓，终会成空。像花蛇盘结，不碰自散。佛云：“未曾有一事，不被无常吞。”“无常”才是“常”，是永恒的真理。

两小无猜的人儿

两小无猜的人儿
福幡插在柳旁
看守柳树的阿哥
请别拿石头打它

【诗解】 当情人沉溺在爱河当中时，哪会料到窥伺的眼睛？依然是无常。——第2行：福幡，在西藏，人们喜欢在屋顶、树梢等地挂着许多印有梵、藏文咒语的布幡，他们认为可以借此祈福。

写出的小小黑字

写出的小小黑字
水一冲就没了
刻在心上的图画
想擦也擦不掉

【诗解】若心意浮浪，盖上印章又如何？若心意坚定，想动摇又能奈何？观心无常，定心才是。

盖上的黑色印戳

盖上的黑色印戳
它不会倾吐衷肠
请把信义的印章
打在彼此的心上

【**诗解**】此首诗义同上一首。动即妄心，首要的是把心安住。

生机勃勃的锦葵花

生机勃勃的锦葵花
如果拿了作供品的话
把我这年轻的蜂儿
也带到佛堂里去吧

【诗解】 若你是花儿，我就是围着你转的蜜蜂。若你被送走了，我必紧紧相随。这是世界上最动人的情话，也是一种炽热与忠诚。爱人如此，修行如此。

心爱的姑娘啊

心爱的姑娘啊
若离开我去修法
少年我也一定
跟随你到山里

【诗解】此首诗义同上一首，爱是世间最好的语言。心中无爱，不会成佛。从一己之爱，推及到对有情众生的慈悲之心，是修行境界。

我去上师那里

我去上师那里
恳求指点明路
心儿不由自主
跑到情人去处

【**诗解**】世间的种种美好，无不对人柔弱的心灵构成诱惑。最重要的是，不能在诱惑中沉迷，要将迷惑剥掉，见证本心，方为至境。——第1行：上师，西藏佛教中称具有高德、堪为人轨范者为上师。

观想的上师面孔

观想的上师面孔
很难出现在心上
不想的情人容颜
心头却明明亮亮

【诗解】 同上一首诗意。观想中的欲望交战。——第1行：观想，藏传佛教中最重观想，观想中的佛菩萨，名为本尊。

想她想得放不下

想她想得放不下
如果这样修法
今生此世
定会成个佛啦

【诗解】观想，集中心念于某一对象，以对治贪欲等妄念，进入正观而修。经过观想，才能将散乱的心安放在正念当中，才能唤醒正见的觉醒与智慧。

水晶山上的雪水

水晶山上的雪水
党参叶尖的露珠
再加甘露作曲子
空行女酿的酒
发着圣誓喝下
就不会堕入恶途

【诗解】 雪水、露珠、甘露加上空行女酿的酒，皆为世上圣洁之物。喝下它们，才能在六道轮回中不至于堕入恶途。修行的决心。——第 4 行：空行女，在西藏传说中多半是绝世美人，此处有“智慧”之意。第 6 行：恶途，佛经用语，指地狱、饿鬼、畜牧三道。

拈花微笑

菩提心

时来运转的时刻

时来运转的时刻
祈福的风幡竖起
会有那贤淑的姑娘
请我去做客

【诗解】人生无常。谁能保证，看似没有缘分的人，不定会在哪一天结了缘呢？竖起祈福的风幡，虔诚地等待就够了，会有那好姑娘，来到你的身旁。

露着皓齿微笑

露着皓齿微笑
向着满座顾望
眼波流转之处
是那少年脸庞

【诗解】 这是一个令人心动的瞬间，热恋中的人，一个眼神便胜过千言万语，眼神是情的交流，意的传达。迦叶拈花，世尊微笑，一切尽在不言中，靠的是灵性的顿悟。

问问倾心的人儿

问问倾心的人儿：
愿否结成伴侣？
答道：除非死别，
活着永不分离！

【诗解】 这是“执子之手，与子偕老”的爱情誓言。能分开彼此的只有死亡。但在藏传佛教中，死亡只是进入了一种轮回，是另一段新生的开始。

如果顺了情人的心意

如果顺了情人的心意
今生就和佛法绝缘
如果到深山幽谷修行
又违了那姑娘心愿

【诗解】“世上安得双全法，不负如来不负卿”。看似一个修行之人情迷菩萨，在佛与尘中苦苦挣扎。其实，这何尝不是一种修行？以情证佛，因为懂得，所以慈悲。

工布少年的心儿

工布少年的心儿
像蜂儿掉进蛛网
和情侣缠绵三日
又想起佛法终极

【诗解】工布，是西藏南方的地名。这里用网中蜂儿的挣扎喻少年因理欲之争而备受煎熬的状态。

你这命定的伴侣

你这命定的伴侣
要是背信弃约
头髻上戴的松石儿
它也不会言语

【诗解】世间男女，谁经得起誓言的检验？短暂的欢乐后，显出索取的本性。当爱变成了欲，爱就会成为最大的烦恼。唯有出离，才能清静。

露着皓齿儿微笑

露着皓齿儿微笑
把少年魂儿勾跑
是不是真心爱慕?
请发个誓儿才好!

【诗解】世间万物，变化最快、最无常的，莫过于人的心念。誓言又能保证什么？惟有无常是恒定不变的真理，懂得此意，也许会淡化执著。

鸟石路遇的姑娘

鸟石路遇的姑娘
是酒家阿妈撮合
如果欠下业债
请你关照养活

【诗解】 藏人有句俗语“情人如同鸟和石块在路上相遇”，意思是鸟要落在哪个石块上，全是天缘，正如情人间的相遇。

知心话没告诉爹娘

知心话没告诉爹娘
全诉与知心的情侣
情侣的牡鹿多哩
私房话被情敌听去

【诗解】还是沉溺在人间情意的羁绊当中。对世人来说，怀疑和不善向来是烦恼之源。——第3行：牡鹿，此处指女子的众多追求者。

心爱的意卓拉姆

心爱的意卓拉姆
是我猎人捕获的
却被显赫的君主
诺桑王抢去

【诗解】世间没有谁能获得所有自己喜爱的东西。人生八苦，此为"求不得苦"。——第1行：拉姆即仙女。意卓拉姆是藏戏《诺桑王传》里的人物。

珍宝在自己手里

珍宝在自己手里
并不觉得希奇
一旦归了人家
却又满腔怨气

【诗解】“当时只道是寻常，身在福中不知福”，世间众生，莫不如此。惟有意识到人生无常，得到瞬间便会失去，才会解脱。

热恋着的情人

热恋着的情人
作了别人的妻
相思折磨得我
已经形销骨立

【诗解】 众生为情所困的烦恼相，“求不得苦”的折磨。

情侣被人骗走

情侣被人骗走
应去打卦求签
美丽纯情的姑娘
常常在梦中浮现

【诗解】 失去的痛苦，远远大过拥有的欢乐，这是基本的人生苦恼。对失去的懊悔，对过去的留恋，往往吞噬我们内心的快乐。

只要姑娘你在

只要姑娘你在
酒就不会喝完
少年我的希望
自然寄托在这里

【诗解】 醉翁之意不在酒，而在这个姑娘。恐怕每个凡夫俗子都有过这种体验，活佛也如此。佛家的慈悲，也许只有通过自己的体验才更加真实吧。

姑娘不是娘所生

姑娘不是娘所生
怕是桃树上长的？
为什么你的爱情
比桃花还易凋零？

【诗解】人间的情意抵不过草木的荣枯。无常的人生。

从小相爱的姑娘

从小相爱的姑娘
莫非狼的后裔？
与我相恋同居
还想逃回山里

【诗解】 诗意同27首。心念与誓言，同归于虚无。

野马跑到山上

野马跑到山上
可用套索捉住
情人一旦变心
神力也拿不住

【诗解】“过去心不可行，现在心不可得，未来心不可得。”过去的已灭，未来的未生，现在的即在即灭，没有什么是常住不变的。所以情人的变心，神力无能为力。

砂石伙同风暴

砂石伙同风暴
乱了老鹰的羽毛
虚情假意的姑娘
叫我好不心焦

【诗解】 狂风只能吹乱老鹰的羽毛，而嗔痴扰乱的是人的心性。嗔心如火，让人心焦。

黄边黑心的云

黄边黑心的云
是霜雹的成因
非僧非俗的沙弥
是佛教的敌人

【诗解】 本来无一物，何处惹尘埃。惹得了尘埃，在于修行不够，未至清静。

上消下冻的地面

上消下冻的地面
不是跑马的地方
结识不久的情人
无法倾诉衷肠

【诗解】表面化冻的地方，并不适合跑马。认识不久的情人，不能交心。唯有穿过表象的迷障，才能识得本心，见得本性。

十五皎洁的月亮

十五皎洁的月亮
和她的脸庞相像
月宫里的玉兔
寿命不会再长

【诗解】 十五的月亮，看来如此圆满。谁知道，月盈即亏，月圆必缺，玉兔转瞬会随着月缺而消亡。一切皆无常。

这个月去了

这个月去了
下个月来了
吉祥白月的上旬
就来拜望你了

【诗解】 在分别的日子里，每一天的到来，都是为了尽早过去。——第 3 行：白月，印度历法中从月盈至满月谓“白月”。

中央的须弥山王呵

中央的须弥山王呵
请你坚定地耸立着！
日月围绕着你转
方向就不会迷失

【诗解】 请诸山之王屹立不动，以免日月的运行迷失了方向。唯有摒除杂念入“定”，才能明心见性至“慧”。——第 1 行：须弥山，佛经上说世界的中心是须弥山，日月星辰围着它转。

初三的月儿弯

初三的月儿弯
银光若隐若显
希望你发个誓
像月儿那样圆

【诗解】希望情人的誓言像满月一样圆，而不是像初三的月光，若隐若现。别忘了，月满之时就是月缺的开始。

具誓护法金刚

具誓护法金刚
坐在十地法界
你若有神通法力
请驱走佛教之敌

【诗解】 菩萨修行所经的境界有十地：喜欢地、离垢地、发光地、焰慧地、极难胜地、现前地、远行地、不动地、善慧地、法云地。

杜鹃从门隅飞来

杜鹃从门隅飞来
带来春天的气息
我和情人相见
觉得身心愉悦

【诗解】 故乡的人和气息，都是游子心灵的最好慰藉。活佛与普通人没有两样，他在追寻人间的欢乐当中，证悟佛法的极乐。——第1行：门隅，诗人的故乡。

对于无常和死

对于无常和死
若不常常观想
纵有盖世聪明
也和傻子一样

【诗解】观想是佛教用语，意为观想佛相庄严，进行修行，可治贪欲妄念，进入正观。

无论虎狗豹狗

无论虎狗豹狗
养熟了它就不咬
家里的花斑母虎
熟了却更凶暴

【诗解】“唯女子与小人难养也。”人的心念是最难以捉摸揣测的。

虽然肌肤相亲

虽然肌肤相亲
却不知情人真心
不如信手画画
能算出天上星星

【诗解】 远在天边的星星也能算得出有几颗，肌肤相亲的情人却无法猜透她的真心。人心不可测，心是苦乐的根源。

我和情人相会的地方

我和情人相会的地方
在南门巴的密林深处
除了巧嘴鹦鹉
谁也不曾得知
能言的鹦鹉啊
这秘密请不要泄露

【诗解】叮嘱巧嘴的鹦鹉不要泄露情人间的秘密，自己却说了出来，这是情侣之间掩藏不住的幸福。

拉萨的人群当中

拉萨的人群当中
琼结的人最纯洁
来会我的姑娘
家就住在那里

【诗解】琼结：山南重镇，吐蕃故都。据西藏俗谚说“雅龙林木广，琼结人漂亮”。

守门的老黄狗

守门的老黄狗
心比人还要灵
别说我夜里出去
天明才回

【诗解】 黄狗和鹦鹉都作了有情人的见证，分享着情人的甜蜜，而人却是最难将息的。

法 相

空 行

夜里去会情人

夜里去会情人
清晨落满了雪
脚印留在雪上
保不保密一样

【诗解】 爱情的见证除了黄狗、鹦鹉，又多了一样——雪。修行途中的迷失。

住在布达拉宫时

住在布达拉宫时
叫持明仓央嘉措
流浪在拉萨街头
叫浪子当桑汪波

【**诗解**】作为浪子当桑汪波，做什么可以由自己决定。作为活佛仓央嘉措，却要承担着离经叛道的指责。你是谁，有时候比你做了什么更重要。——第2行：持明，是指对密宗有造诣的僧人。

温香软玉的姑娘

温香软玉的姑娘
被底缠绵拥抱
莫非假意虚情
骗我少年财宝？

【诗解】温乡软玉的梦境，浮光掠影的享乐，是诱惑，也是障碍，让人嗔心顿起，失去至宝——心性。

帽子戴在头上

帽子戴在头上
辫子甩在背后
一个说请慢坐
一个说请慢走
一个说心里又难过啦
一个说很快就能聚首

【诗解】相聚意味着别离，甜蜜伴随着哀伤。幸福短暂，烦恼绵长，而如果没有别离，相聚的美好又何从谈起呢？

洁白的仙鹤

洁白的仙鹤
请把双翅借我
不会远走高飞
只到理塘一转就回

【诗解】 这一首诗被认为是诗人的预言，后来七世达赖喇嘛生于理塘，作为预言的应验。

在那阴曹地府

在那阴曹地府
阎王有面业镜
人间是非不清
镜中善恶分明

【诗解】业是佛教的基础用语，指一个人生时的所作所为及这些行为在当时或过后产生的相应的惯性力量。佛教认为，我们的身、口、意的一切行为，都将产生相应的结果，即使是最细微的一个念头，都孕育着它的后果，犹如微小的种子可以长成参天大树一般。这就是业因果报。

一箭射中目的

一箭射中目的
箭头钻进地里
一见当年情人
心就跟了她去

【诗解】 相爱之人，心思全部放在情人身上，魂儿被对方带走。对佛法，若能专心，便可调伏心性，达到宁静。

印度东方的孔雀

印度东方的孔雀
工布谷底的鹦鹉
尽管生地不同
同在拉萨会晤

【诗解】 佛度有缘人，没有时间，没有空间的差异。——第 2 行：工布，西藏东部林区，吐蕃九小邦之一。盛产鸣禽。

人家说我闲话

人家说我闲话
自认说得不差
少年的轻盈脚步
踏进了女店主家

【诗解】 相传仓央嘉措曾夜会情人，“人家说我闲话，自认说得不差”，世上有情，都在佛的护佑之中，情迷菩提，有时是一种更好的证悟。

柳树爱上小鸟

柳树爱上小鸟
小鸟爱上柳树
只要情投意合
鹞鹰无隙可入

【诗解】 小鸟和柳树，自身情投意合，外力怎能有隙可入？心意坚定，一切外来的诱惑都无法让人迷失方向。

在这短短今生

在这短短今生
这样待我已足
不知来世年少
能否相逢如昨

【诗解】 一生一世不够，希望下辈子还在一起。佛教认为，一个人的死亡并不是生命的结束，而是生命重新转世的开始。心意坚定，才能接续前缘。

那个巧嘴鹦哥

那个巧嘴鹦哥
请你闭住口舌
柳林的画眉姐姐
要唱动听的一曲

【诗解】只有让能言的鹦鹉闭嘴，才能更好地听到画眉唱歌。只有清除了心灵的污垢，才能获得宁静的力量。

背后的凶恶妖龙

背后的凶恶妖龙
没有什么可怕
前边的香甜苹果
一定要摘到它

【诗解】“藏传佛教的很多护法，看起来相貌狰狞，而这正象征佛法的力量与勇猛。”龙在西藏的传说中，是一种有神通，能兴云作雨，也能害人的灵物。

第一最好不相见

第一最好不相见
如此便可不相恋
第二最好不相知
如此便可不相思

【诗解】 初出不触尘世，怎会贪念种种。身若未陷俗欲，无缘不会生愁。六根未净。

不要说持明仓央嘉措

不要说持明仓央嘉措
去找情人去啦！
其实他想要的
和凡人没有两样

【诗解】 情迷菩提，有时是一种更好的证悟，以心证诗，以情证佛。

美丽的小杜鹃

美丽的小杜鹃
落在香柏树梢
什么也不必多讲
一句动听的就好

【诗解】 动心的话不用多讲，一句便足够。佛教修行中的“无语戒”。

桑耶的白色雄鸡

桑耶的白色雄鸡
请不要过早啼叫
我和相好的情人
心里话还没有谈了

【诗解】 欢会苦短，雄鸡请不要提醒恋人时辰已到。恋人的嗔痴状，世人烦恼相。

一杯没醉

一杯没醉
一杯还没醉
少年的情人劝酒
一杯便酩酊大醉

【诗解】“酒不醉人人自醉。”交心的不在多，懂你的，一个就够。

在那众人之中

在那众人之中
莫露我俩秘密
只要心中深情
请用眉目传递

【诗解】 心中有情，一个眼神胜过万千言语。心灵的顿悟，靠的是灵犀一点。

你是金铜佛身

你是金铜佛身
我是泥塑神像
虽在一个佛堂
我俩却不一样

【诗解】 无论是金做的，还是泥塑的，同在一个佛堂。佛说，众生平等。

请看我消瘦的面容

请看我消瘦的面容
是相思致我生病
已经瘦骨嶙峋
请一百个医生也无用

【诗解】 欲望的折磨，医生无用，修心才是良药，人心缺少的是一味清凉剂。

热恋的时候

热恋的时候
情话不要说完
口渴的时候
池水不要喝干
一旦事情有变
那时后悔已晚

【诗解】 留有余地，才能应对瞬息万变。在无常的人世间，什么都不要做得太满。

在那柳林深处

在那柳林深处，
我俩互诉衷肠。
除了画眉鸟儿，
没有别人知道。

【诗解】 鸟儿是情人的见证，因为它无心。人却不能，因为他们有心。

花儿开了会落

花儿开了会落，
情侣好了变老。
我与那金色小蜂，
从此不再相好。

【诗解】 花开了，有落的一天。缘深时，有变浅的一天。世事无常，一切随缘。

心意难定的人儿

心意难定的人儿，
就像那凋谢的残红。
看起来千娇百媚，
心里面无法受用。

【诗解】 千娇百媚，却心意难定，不如那凋谢的残红。世事浮华，终会成空，无法让心永恒。

我与那俊俏的恋人啊

我与那俊俏的恋人啊，
情深深意绵绵。
眼看要进山修行，
行期却延了又延。

【诗解】 一晌贪欢，忍把浮名换了浅斟低唱。世俗的欢娱，迷障了多少本真的心性。

骏马起步得太早

骏马起步得太早，
缰绳拢得晚了。
情人间没有缘分，
知心话说得早了。

【诗解】 知心话都说完了，却是无缘的结局。世上事，谁能料？

向着那白鹭山

向着那白鹭山，
一步一步攀登。
雪山融化的水儿，
池塘中与我相逢。

【诗解】在攀登的路上，你能预知哪朵水花与你相逢？在修行的途中，你知道会遇上什么样的风景？岂随它去，只向着那终极目标，一步一步攀登。

一百棵树木里

一百棵树木里，
选中了这棵柳。
年轻的我哪知道，
树心早已腐朽。

【诗解】 千挑万选，选中了一棵烂心的柳。有心栽花花不成，无心插柳柳成阴。

河水缓缓地流

河水缓缓地流，
是叫那鱼儿放松。
鱼儿的心放下了，
才能在欢喜里优游。

【诗解】 即使再清澈的水，如果不停地摇晃，它也不会显得清澈；即使再浑浊的水，如果静静地沉淀，也会清澈。我们的心也如此，总是不停摇晃，它会混沌，给它时间去沉淀，才有喜乐。

山上的草坝黄了

山上的草坝黄了，
山下的树叶枯了。
杜鹃你若是燕子，
飞向那门隅可好？

【**诗解**】年华逝水，草木荣枯，一切在不居的变幻中，除了对故乡的眷念。

会说话的鹦鹉

会说话的鹦鹉，
从工布飞到这儿。
我那心上的人啊，
是否吉祥安康？

【诗解】“以我观物，物皆著我之色彩。”其实，鹦鹉未必是来自工布，只是寄托了诗人对心上人的牵挂与问候，它就是了。

观　想

空　门

离开你的时候

离开你的时候，
我送你多情的秋波。
请你用明媚的笑靥，
永远好好地对我。

【诗解】 用我心换你心，始知相忆深。你若知我的深情，请用同样的好来待我。恋人的痴与嗔，当爱成了欲，才会计较谁少谁多。

翠绿的布谷儿

翠绿的布谷儿，
几时会去门隅？
给我美丽的姑娘，
捎去三次问候。

【诗解】 蓬山此去无多路，青鸟殷勤为探看。故乡远在千里，唯有请有情的布谷鸟捎去我的问候。

东方的工布巴拉

东方的工布巴拉，
再高我也不怕。
心随着牵挂的情人，
跟着那骏马飞奔。

【诗解】爱是最强大的，可以让人关山飞渡，跨越险阻。爱也是最柔弱的，可以让人意乱情迷，无所适从。

以贪嗔之心积攒

以贪嗔之心积攒，
尘世间虚妄的财物。
自遇到情人之后，
欲望的结儿开散。

【诗解】 贪婪与虚荣，让人失去了平静与本心。如果将对外物的占有转化为对内心的探求，欲望的死结会不解自开。

我与红嘴乌鸦

我与红嘴乌鸦，
没事却兴起风波。
你与鹞子鹰隼，
有事却无人敢说。

【诗解】说与不说，不在于你做了什么，而在于你的身份，你是谁。如果去掉了加在人身上的名利、荣誉、身份，你知道你是谁？

河水虽然很深

河水虽然很深，
也能捕到鱼儿。
情人心口不一，
让人实难捉摸。

【诗解】“唯有人心相对时，咫尺之间不能料。”天可度，海可量，人心却难测。

黑业白业的种子

黑业白业的种子，
哪怕是悄悄地种下。
果实却难以隐藏，
它正在慢慢成熟。

【诗解】佛经说："造作何等业，即生何等果。"业在人的心思、言语和行动中。它不会随此生终了而结束，像一棵能结果的树一样，开始时，树上可能没有半颗果实，当时机到了，果实就会显露。

风　啊

风啊，
你从哪里吹来？
风啊，
是从家乡吹来。
那青梅竹马的恋人啊，
可曾把她带来？

【诗解】 让布谷为他带音讯，让风儿带来她的音讯。移情法。

在那西山顶上

在那西山顶上，
朵朵白云飘荡。
可是那意增旺姆，
在为我燃起神香？

【诗解】 西藏人认为万物有灵。他们喜欢转山，将他看作积累功德消除罪业的途径。在他们心中，每座山都是一个神灵，都有决定自己命运的法力。

水和乳相融了

水和乳相融了，
金龟也能辨别。
我和恋人相融了，
有谁能够分别？

【**诗解**】你侬我侬，忒煞多情。你泥中有我，我泥中有你，谁又能够分？

我心如洁白的哈达

我心如洁白的哈达，
那样的纯朴无瑕。
你心里可有图案，
一切任由你来画。

【诗解】西藏人有着“白色崇拜”心理，哈达即为其中之一。那白，象征着情感与心灵的无瑕。我的心是一张白纸，任由你来描画。空即是色。

我的心对你就像密集的云

我的心对你就像密集的云，
一片依恋与真诚。
你的心对我就像无情的风，
一再将云朵吹送。

【诗解】 两心间有了比较，便有了情浅情深。一边赤诚似火，一边冷若冰霜。怨憎会苦。

蜂儿来得太早了

蜂儿来得太早了，
花儿开得太迟了。
缘浅的情人啊，
相逢得太晚了。

【诗解】 蜂儿来了，花还没有开。情深怎奈缘浅？爱别离苦。

如果穿上黄袈裟

如果穿上黄袈裟，
就能成个佛了，
湖上的野黄鸭，
也能普度众生了？

【诗解】不是所有穿着黄袈裟的都是真佛，不要被看到的表象所迷惑。

江河宽阔的忧虑

江河宽阔的忧虑，
船夫为你消去。
情人逝去的悲哀，
谁人为你排解？

【诗解】 外界的困扰都能消除，哪怕它像江河一样宽阔。内心的忧虑，无人能解。我们往往以为通过外界的满足才能让自己快乐，却忽略了真正的快乐需向内心寻求。

一心向往的地方

一心向往的地方，
毛驴比马还要快。
马儿还在备着鞍，
毛驴已经上了山。

【诗解】 能否获得所求，不在外在条件，而在内心的意念。心念专一，所向无敌。

金黄蜂儿的心里

金黄蜂儿的心里，
到底在怎么想？
而那青苗的心里，
只盼着甘霖普降。

【**诗解**】蜂儿想的是花儿，青苗盼的是甘霖。人心啊，你求的到底是什么？

故乡在远方

故乡在远方，
双亲在远方，
一切都不用悲伤。
情人就像母亲，
像母亲般的情人啊，
总会来到你的身旁。

【诗解】情人的温柔能够慰藉乡愁。真正的幸福却是灵魂的安定。

矮矮的桃树枝上

矮矮的桃树枝上，
缀满灿烂的桃花。
请对我许个诺吧，
快快结出果儿。

【诗解】 有花就有果。有诺言就有保证吗？

媚眼恰似弯弓

媚眼恰似弯弓，
情意犹如利箭，
一下就射进了呀，
小伙儿的心间。

【诗解】一个眼神，一个表情，就牢牢地拴住了小伙儿的心。教外别传，不立文字。明心见性，立地成佛。是情诗，也是修行。

在那山的右边

在那山的右边，
采来无数矍麦。
为的是要洗净，
对我和姑娘的疑猜。

【诗解】 多少香料，也无法洗净人心的疑猜。五阴炽盛苦。

马头在木船张望

马头在木船张望，
旗幡在迎风飘扬。
情人啊不要忧伤，
命定的缘分尽了。

【诗解】 恋情容易忘情难，一切随缘。拥有过，才有失去。经历过，才能放下。都是修行。

从东山上来时

从东山上来时，
还以为是只鹿，
到西山上一望，
是只跛脚的黄羊。

【诗解】 东山、西山，小鹿、黄羊。修炼者唯有超越了自己的局限和幻觉，才能看到事物的本质，洞悉佛法之真相。

在那山有神鸟松鸡

在那山有神鸟松鸡，
在这山有小鸟画眉。
隔着这重重的阻碍，
命定的缘分尽了。

【诗解】 种种障碍会阻隔松鸡与画眉的情分，重重诱惑会迷乱修行者的本心。

不要像牵着骏马似的

不要像牵着骏马似的，
紧拉着对我的情分。
要像对那羔羊儿，
任它自由放养。

【诗解】 抓得越紧，越易失去。给它自由，才能拥有。失去，有时是最好的得到。

白天看美丽无比

白天看美丽无比，
夜晚里芳香袭人。
我心爱的人儿啊，
比鲁顶花儿美丽。

【诗解】迷离的幻相，浮世的诱惑，种种艳丽的美，心怎能安放得下？

江水向下流淌

江水向下流淌，
总会到工布去。
报春的杜鹃啊，
心中不用悲戚。

【诗解】一江春水，总会向东流。何须悲戚呢？世上万物，皆有法则，随性随缘就好。

白色睡莲的光辉

白色睡莲的光辉，
照着大千世界。
莲花开在茎上，
莲蓬长在一旁。
只有我鹦鹉哥哥，
陪在你的身旁。

【诗解】 佛法的光辉无边，普照着芸芸众生。不用担心你被忽略，被遗忘，孤独的孩子啊，你永远在我慈悲心的护佑中。

向上师求法问道

向上师求法问道，
他定会欣然赐教。
青梅竹马的姑娘，
从不将真话儿讲。

【诗解】迷乱之中看不到真相，见性才能成佛。

核桃可以砸着吃

核桃可以砸着吃，
桃子可以咬着吃。
没有成熟的苹果，
却酸掉了牙齿。

【诗解】成熟了的东西，怎么都会有办法。半生不熟的青果，却会酸掉人的牙。最怕的是半僧半俗，似懂非懂的修行者。

仓央嘉措

于道泉译本

最经典的白话译本

于道泉（1901-1992），著名教育家于明信先生的长子。藏学家、语言学家、教育家。他自小笃学，掌握了13种语言，藏语是其中之一。20多岁时，由印度诗人泰戈尔推荐，在北京大学担任俄国东方文学博士钢和泰的随堂翻译，并教授梵文和印度古宗教史。1930年，于道泉在《康导月刊》上发表《六世达赖仓央嘉措情歌》，被奉为仓央嘉措情诗最权威也最经典的白话译本。

轮　回

观 音

1

从东边的山尖上，
白亮的月儿出来了。
“未生娘”* 的脸儿，
在心中已渐渐地显现。

注：“未生娘”系直译藏文之 ma-skyes-a-ma 一词，为“少女”之意。

2

去年种下的幼苗
今岁已成禾束；
青年老后的体躯，
比南方的弓* 还要弯。

注：制弓所用之竹，乃来自南方不丹等地。

3

自己的意中人儿，
若能成终身的伴侣，
犹如从大海底中，
得到一件珍宝。

4

邂逅相遇的情人，
是肌肤皆香的女子，
犹如拾了一块白光的松石*，
却又随手抛弃了。

注：“松石”乃是藏族人民最喜欢的一种宝石，好的价值数千元。在西藏有好多人相信最好的松石有避邪护身的功用。

5

伟人大官的女儿，
若打量伊美丽的面貌，
就如同高树的尖儿，
有一个熟透的果儿。

6

自从看上了那人，
夜间睡思断了。
因日间未得到手，
想得精神累了吧！

7

花开的时节已过，
“松石蜂儿”* 并未伤心，
同爱人的因缘尽时，
我也不必伤心。

注：据藏族人民说西藏有两种蜜蜂，一种黄色的叫作黄金蜂 gser-sbarng，一种蓝色的叫作松石蜂 gyu-sbrang。

8

草头上严霜的任务*，
是作寒风的使者。
鲜花和蜂儿拆散的，
一定就是“它”啊。

注：这一句意义不甚明了，原文中 Rtsi-thog 一字乃达斯氏《藏英字典》中所无。在库伦印行的一本《藏蒙字典》中有 rtstog 一字，译作蒙文 tuemuesue（禾）。按 thog 与 tos 本可通用，故 rtsi-tog 或即 rtsi-thog 的另一拼法。但是将 rtsi-thog 解作“禾”字，这一行的意义还是不明。最后我将 rtsi 字当作 rtswahi 字的误写，将 kha 字当作 khag 字的误写，乃勉强译出。这样办好像有点过于大胆，不过我还没有别的办法能使这一行讲得通。

9

野鹅同芦苇发生了感情，
虽想少住一会儿。
湖面被冰层盖了以后，
自己的心中乃失望。

10

渡船*虽没有心，
马头却向后看我；
没有信义的爱人，
已不回头看我。

注：在西藏的船普遍有两种：一种叫作 ko-ba 的皮作的，只顺流下行时用。因为船身很轻，到了下游后撑船的可以走上岸去，将船背在背上走到上游再载着客或货往下游航行。另一种叫做 gru-shan 是木头作的，专作摆渡用。这样的摆渡船普遍都在船头上安一个木刻的马头，马头都是安作向后看的样子。

11

我和市上的女子
用三字作的同心结儿，
没用解锥去解，
在地上自己开了。

12

从小爱人的“福幡”*
竖在柳树的一边，
看柳树的阿哥自己，
请不要“向上”抛石头。

注：在西藏各处的屋顶和树梢上边都竖着许多印有梵、藏文咒语的布幡，叫作 rlung-bskyed 或 dar-lcog。藏族人民以为可以借此祈福。

13

写成的黑色字迹，
已被水和“雨滴”消灭；
未曾写出的心迹，
虽要拭去也无从。

14

嵌的黑色的印章，
话是不会说的。
请将信义的印儿，
嵌在各人的心上。

15

有力的蜀葵花儿，
“你”若去作供佛的物品，
也将我年幼的松石峰儿，
带到佛堂里去。

16

我的意中人儿*
若是要去学佛，
我少年也不留在这里，
要到山洞中去了。

注：达斯本作“意中的女子”。

17

我往有道的喇嘛面前，
求他指我一条明路。
只因不能回心转意，
又失足到爱人那里去了。

18

我默想喇嘛底脸儿，
心中却不能显现；
我不想爱人底脸儿，
心中却清楚地看见。

19

若以这样的“精诚”，
用在无上的佛法，
即在今生今世，
便可肉身成佛。

20

洁净的水晶山上的雪水，
铃荡子*上的露水，
加上甘露药的酵“所酿成的美酒”，
智慧天女*当垆。
若用圣洁的誓约去喝，
即可不遭灾难。

注一：“铃荡子”藏文为klu-bdud-rde-rje，因为还未能找到它的学名，或英文名，所以不知道是什么样的一种植物。
注二：“智慧天女”原文为Ye-shes-mkhah-hgro。乃 Ye-shes-kyi-mkhah-hgro-ma 之略。Ye-shes 意为“智慧”。mkhah-hgro-ma 直译为“空行女”。此处为迁就语气故译作“智慧天女”。按 mkhah-hgro-ma 一词在藏文书中都用它译梵文之 dakini 一字，而 dakini 在汉文佛经中译音作“厂茶吉泥”，乃是能盗食人心的夜叉鬼。（参看丁氏《佛学大辞典》1892 页中）而在西藏传说中“空行女”即多半是绝世美人。在西藏故事中常有“空行女”同世人结婚的事，和汉族故事中的狐仙颇有点相似。普通藏族人民常将“空行女”与“救度母”（sgrol-ma）相混。

21

当时来运转的际〔机〕会，
我竖上了祈福的宝幡。
就有一位名门的才女。
请我到伊家去赴宴。*

注：这一节乃是极言宝幡效验之速。

22

我向露了白齿微笑的女子们的*
座位间普遍地看了一眼，
一人羞涩的目光流转时，
从眼角间射到我少年的脸上。

注：在这一句中藏文有 lpags-pa（皮）字颇觉无从索解。

23

因为心中热烈的爱慕，
问伊是否愿作我的亲密的伴侣？
伊说：若非死别，
决不生离。

24

若要随彼女的心意，
今生与佛法的缘分断绝了；
若要往空寂的山岭间去云游，
就把彼女的心愿违背了。

25

公（工）布少年的心情，
好似拿在网里的蜂儿。
同我作了三日的宿伴，
又想起未来与佛法了。*

注：这一节是一位女子讥讽伊的爱人工布少年的话，将拿在网里的蜂儿之各处乱撞，比工布少年因理欲之争而发生的不安的心情。公（工）布 kong-po 乃西藏地名，在拉萨东南。

26

终身伴侣啊，我一想到你，
若没有信义和羞耻，
头髻上带的松石，
是不会说话的啊！*

注：这一节是说女子若不贞，男子无从监督，因为能同女子到处去的，只有伊头上戴的松石。

27

你露出白齿儿微笑，
是正在诱惑我呀？
心中是否有热情，
请发一个誓儿！

28

情人邂逅相遇，*
被当垆的女子撮合。
若出了是非或债务，
你须担负他们的生活费啊！

注：这一句乃是藏人常说的一句成语，直译当作“情人犹如鸟同石块在路上相遇”；意思是说鸟落在某一块石头上，不是山鸟的计划，乃系天缘。以此比情人的相遇全系天缘。

29

心腹话不向父母说，
却在爱人面前说了。
从爱人的许多牡鹿*之间，
秘密的话被仇人听去了。

注：此处的牡鹿，系指女子的许多“追逐者”。

30

情人艺桌拉茉*，
虽是被我猎人捉住的。
却被大力的长官
讷桑嘉鲁夺去了。*

注一：此名意译当作“夺人心神的仙女”。
注二：有一个故事藏在这一节里边，但是讲这个故事的书在北平打不到，我所认识的藏族人士又都不知道这个故事，所以不能将故事中的情节告诉读者。

31

宝贝在手里的时候，
不拿它当宝贝看；
宝贝丢了的时候，
却又急的心气上涌。

32

爱我的爱人儿，
被别人娶去了。
心中积思成痨，
身上的肉都消瘦了。

33

情人被人偷去了，
我须求签问卜去罢。
那天真烂漫的女子，
使我梦寐不忘。

34

若当垆的女子不死*，
酒是喝不尽的。
我少年寄身之所，
的确可以在这里。

注：西藏的酒家多系娼家，当垆女多兼操神女生涯，或撮合痴男怨女使在酒家相会。可参看第26节。

35

彼女不是母亲生的，
是桃树上长的罢！
伊对一人的爱情，
比桃花凋谢得还快呢！

36

我自小相识的爱人，
莫非是与狼同类？
狼虽有成堆的肉和皮给它，
还是预备住在上面。*

注：这一节是一个男子以自己的财力不能买得一个女子永久的爱，怨恨女子的话。

37

野马往山上跑，
可用陷阱或绳索捉住；
爱人起了反抗，
用神通力也捉拿不住。

38

躁急和暴怒联合，
将鹰的羽毛弄乱了；
诡诈和忧虑的心思，
将我弄憔悴了。

39

黄边黑心的浓云，
是严霜和灾雹的张本；
非僧非俗的班第*，
是我佛教法的仇敌。

注：藏文为ban-dhe。据叶式客（Yaschke）的《藏英字典》的二义：(1) 佛教僧人，(2) 本波pon-po教出家人。按“本波教”为西藏原始宗教，和内地的道教极相似。在西藏常和佛教互相排斥。此处ban-dhe似系作第二义解。

40

表面化水的冰地，
不是骑牡马的地方；
秘密爱人的面前，
不是谈心的地方。

41

初六和十五日的明月*，
到（倒）是有些相似；
明月中的兔儿，
寿命却消磨尽了。*

注一：这一句藏文原文中有 tshes-chen 一字为达斯氏字典中所无。但此字为达斯氏字典中所无。但此字显然是翻译梵文 mahatithi 一字。据威廉斯氏《梵英字典》796 页谓系阴历初六日。
注二：这一节的意义不甚明了。据我看，若将这一节的第 1、2 两行和第 42 节的第 1、2 两行交换地位，这两节的意思，好像都要略为通顺一点。据一位西藏友人说这一节中的明月是比为政的君子，兔儿是比君子所嬖幸的小人。

42

这月去了，
下月来了。
等到吉祥白月的月初*，
我们即可会面。*

注一：印度历法自月盈至满月谓之"白月"。见丁氏《佛学大辞典》904 页下。
注二：这一节据说是男女相约之词。

43

中间的弥卢山王*，
请牢稳地站着不动。
日月旋转的方向，
并没有想要走错。

注："弥卢山王"藏文为 ri-rgyal-lhun-po。ri-rgyal 意为"山王"，lxunpo 意为"积"，乃译梵文之 Meru 一字。按 Meru 普通多称作 Sumeru，汉文佛化中译意为"善积"，译音有"须弥山""修迷楼""苏迷卢"等，但世人熟知的，只有"须弥山"一句。在西藏普通称此已为 ri-rab。古代印度人以为须弥山是世界的中心，日月星辰都绕着它转。这样的思想虽也曾传入我国内地，却不像在西藏那样普遍。在西藏没有一个不知道 ri-rab 这个名字。

44

初三的明月发白，
它已尽了发白的能事，
请你对我发一个
和十五日的夜色一样的誓约。*

注：这一节意义不甚明了。

45

住在十地*界中的
有誓约的金刚护法，
若有神通的威力，
请将佛法的冤家驱逐。

注：菩萨修行时所经的境界有十地：（1）喜欢地（2）离垢地（3）发光地（4）焰慧地（5）极难胜地（6）现前地（7）远行地（8）不动地（9）善慧地（10）法云地。见丁氏《佛学大辞典》225页中。护法亦系菩萨化身，故亦在十地界中。

46

杜鹃从寞地来时，
适时的地气也来了；
我同爱人相会后，
身心都舒畅了。

47

若不常想到无常和死。
虽有绝顶的聪明，
照理说也和呆子一样。

48

不论虎狗豹狗，
用香美的食物喂它就熟了；
家中多毛的母老虎，*
熟了以后却变的更要凶恶。

注：指家中悍妇。

49

虽软玉似的身儿已抱惯，
却不能测知爱人心情的深浅。
只在地上画几个图形，
天上的星度却已算准。

50

我同爱人相会的地方，
是在南方山峡黑林中，
除去会说话的鹦鹉以外，
不论谁都不知道。
会说话的鹦鹉请了，
请不要到十字路上去多话！*

注：这一句在达斯本中作“不要泄露秘密”。

51

在拉萨拥挤的人群中，
琼结*人的模样俊秀。
要来我这里的爱人，
是一位琼结人哪！

注：据贝尔氏说西藏人都以为若是这位达赖喇嘛娶了他那从琼结来的爱人，他的子孙一定要强大起来，使中国不能统治，所以中国政府乃早把他去掉了。（《西藏之过去及现在》39页。按：贝尔著作中有很错误的言论，读者要注意。）据贝尔氏说琼结Chung-rgyal乃第五代达赖生地，但是他却没有说是在什么地方。据藏族学者说是在拉萨东南，约有两天的路程。我以为它或者就是hphyong-rgyas（达斯氏字典852页），因为这两字在拉萨方言中读音是相似的。

52

有腮胡的老黄狗，
心比人都伶俐。
不要告诉人我薄暮出去
不要告诉人我破晓回来。

53

薄暮出去寻找爱人，
破晓下了雪了。
住在布达拉时，
是瑞晋仓央嘉措。

54

在拉萨下面住时，
是浪子宕桑汪波，
秘密也无用了，
足迹已印在了雪上。*

注：当仓央嘉措为第六代达赖时在布达拉宫正门旁边又开了一个旁门，将旁门的钥匙自己带。等到晚上守门的把正门锁了以后，他就戴上假发，扮作在家人的模样从旁出去，到拉萨民间，改名叫作宕桑汪波，去过他的花天酒地的生活。待破晓即回去将旁门锁好，将假发卸去，躺在床上装作老实人。这样好久，未被他人识破；有一次在破晓未回去以前下了大雪，回去时将足迹印在雪上。宫中的侍者早起后见有足迹从旁门直到仓央嘉措的卧室，疑有贼人进去。以后根究足迹的来源，直找到荡妇的家中；又细看足迹乃是仓央嘉措自己的。乃恍然大悟。从此这件秘密被人知道了。

55

被中软玉似的人儿，
是我天真烂漫的情人。
你是否用假情假意，
要骗我少年财宝？

56

将帽子戴在头上，
将发辫抛在背后。
她说："请慢慢地走*！"
他说："请慢慢地住。"
她问："你心中是否悲伤？"
他说："不久就要相会！"*

注一："慢慢地走"和"慢慢地住"乃藏族人民离别时一种通常套语，犹如汉人之"再见"。
注二：这一节据说是仓央嘉措预言他要被拉藏汗掳去的事。

57

白色的野鹤啊,
请将飞的本领借我一用。
我不到远处去耽搁,
到理塘去一遭就回来。

注:据说这一节是仓央嘉措预言他要在理塘转生的话。藏族朋友还告诉了我一个故事,也是这位达赖要在理塘转生为第七代达赖的预言。现在写它出来。据说仓央嘉措去世以后,西藏人民急于要知道他到哪里去转生,先到箭头寺去向那里的护法神请示,不得要领。乃又到噶玛沙(skar-ma-shangi)去请示。那里的护法神附人身以后,只拿出了一面铜锣来敲一下。当时人都不明白这是什么意思,等到达赖在理塘转生的消息传来以后,乃都恍然大悟。原来作响锣的铜藏文作li(理)若把锣一敲就发thang(塘)的一声响,这不是明明白白地说达赖在要理塘转生么!

58

死后地狱界中的,
法王*有善恶业的镜子,*
在这里虽没有准则,
在那里须要报应不爽,*
让他们得胜啊!*

注一:"法王"有三义:(1)佛为法王;(2)护持佛法之国王为法王;(3)阎罗为法王。(见达斯氏字典430页)。此处系指阎罗。
注二:"善恶业镜"乃冥界写取众生善恶业的镜子。(可参看丁氏《佛学大辞典》2348页上。)
注三:这一节是仓央嘉措向阎罗说的话。
注四:"让他们得胜啊"原文为dsa-yantu乃是一个梵文字。藏文字在卷终常有此字。

59

卦箭中鹄的以后,*
箭头钻到地里去了;
我同爱人相会以后,
心又跟着伊去了。

注:系用射以占卜吉凶的箭。(参看达斯氏《藏英字典》673页b)

60

印度东方的孔雀,
公(工)布谷底的鹦鹉,
生地各各不同,
聚处在法轮拉萨。

注:"法轮"乃拉萨别号,犹如以前的北京称为"首善之区"。

61

人们说我的话，*
我心中承认是对的。
我少年琐碎的脚步，
曾到女店东家里去过。

注：据说这一节是仓央嘉措的秘密被人知晓了以后，有许多人背地里议论他，他听到以后暗中承认的话。

62

柳树爱上了小鸟，
小鸟爱上了柳树。
若两人爱情和谐，
鹰即无隙可乘。

63

在极短的今生之中，
邀得了这些宠幸；
在来生童年的时候，
看是否能再相逢。

64

会说话的鹦鹉儿，
请你不要作声。
柳林里的画眉姐姐，
要唱一曲好听的调儿。

65

后面凶恶的龙魔*，
不论怎样厉害；
前面树上的苹果，
我必须摘一个吃。*

注一：龙在西藏传说中有两种：一种叫做 klu，读作“卢”，是有神通，能兴云作雨，也能害人的灵物。一种叫做 hbrug，读作“朱”，是夏出冬伏，只能随同 klu 行雨，无甚本领，而也于人无害的一种动物。藏族人民通常都以为下雨时的雷声即系 hbrug 的鸣声，所以“雷”在藏文中叫做 hbrug-skad。klu 常住在水中，或树上。若住在水中，他的附近就常有上半身作女子身等等的怪鱼出现。若是有人误在他的住处捕鱼，或抛弃不干净的东西，他就使那人生病。他若在树上住时，永远是住在女树（mo-Shing）上。依西藏传说，树也分男女，凡结鲜艳的果子的树是女树。因为他有神通，所以他住在树上时我们的肉眼看不见他。不过若是树上住着一个 klu，人只可拾取落在地下的果子，若是摘树上的果子吃，就得风湿等病，所以风湿在藏文中叫 klu 病（Klu-nad）。
注二：这一节是荡子的话。枝上的苹果是指荡子意中的女子。后面的毒龙是指女子家中的父亲或丈夫。

66

第一最好是不相见，
如此便可不至相恋；
第二最好是不相识，
如此便可不用相思。*

注：这一节据藏族学者说应该放在 29 节以后。

仓央嘉措

曾缄译本

最经典的古体译本

曾缄（1892-1968），四川人。1917年毕业于北京大学中文系，受教于黄侃。对古文学和诗词都有很深的造诣。北大毕业后，到蒙藏委员会任职，在此期间，他从民间流传的情歌中搜集、整理并翻译了《六世达赖仓央嘉措情歌》。并于1939年发表在《康导月刊》上，这是曾缄的传世名作，也是仓央嘉措情歌最经典的古体译本。

其一

心头影事幻重重，化作佳人绝代容，
恰似东山山上月，轻轻走出最高峰。

注：此言倩影之来心上，如明月之出东山。

其二

转眼苑枯便不同，昔日芳草化飞蓬，
饶君老去形骸在，弯似南方竹节弓。

注：藏南、布丹等地产良弓，以竹为之。

其三

意外娉婷忽见知，结成鸳侣慰相思，
此身似历茫茫海，一颗骊珠乍得时。

其四

邂逅谁家一女郎，玉肌兰气郁芳香，
可怜璀璨松精石，不遇知音在路旁。

注：松石，藏人所佩，示可辟邪，为宝石之一种。

其五

名门娇女态翩翩，阅尽倾城觉汝贤，
比似园林多少树，枝头一果娉鲊妍。

注：以枝头果状伊人之美，颇为别致。

其六

一自销魂那壁厢，至今寤寐不能忘，
当时交臂还相失，此后思君空断肠。

其七

我与伊人本一家，情缘虽尽莫咨嗟，
清明过了春归去，几见狂蜂恋落花。

其八

青女欲来天气凉，蒹葭和露晚苍苍，
黄蜂散尽花飞尽，怨杀无情一夜霜。

注：意谓拆散蜂与花者霜也。

其九

飞来野鹜恋丛芦，能向芦中小住无，
一事寒心留不得，层冰吹冻满平湖。

其十

莫道无情渡口舟，舟中木马解回头，
不知负义儿家婿，尚解回头一顾不。

注：藏中渡船皆刻木为马，其头反顾。

其十一

游戏拉萨十字街，偶逢商女共徘徊，
匆匆绾个同心结，掷地旋看已自开。

其十二

长干小生最可怜，为立祥幡傍柳边，
树底阿哥须护惜，莫教飞石到幡前。

注：藏俗于屋前多竖经幡，用以祈福。此诗可谓君子之爱人也，因及于其屋之幡。

其十三

手写瑶笺被雨淋，模糊点画费探寻，
纵然灭却书中字，难灭情人一片心。

其十四

小印圆匀黛色深，私钳纸尾意沉吟，
烦君刻画相思去，印入伊人一寸心。

注：藏人多用圆印，其色作黛绿。

其十五

细腰蜂语蜀葵花，何日高堂供曼遮，
但使侬骑花背稳，请君驮上法王家。

注：曼遮，佛前供养法也。

其十六

含情私询意中人，莫要空门证法身，
卿果出家吾亦逝，入山和汝断红尘。

注：此上二诗，于本分之为二，言虽出家，亦不相离。前诗葵花，比意中人，细腰蜂所以自况也。其意一贯，故前后共为一首。

其十七

至诚皈命喇嘛前，大道明明为我宣，
无奈此心狂未歇，归来仍到那人边。

其十八

入定修观法眼开，乞求三宝降灵台，
观中诸圣何曾见，不请情人却自来。

其十九

静时修止动修观，历历情人挂眼前，
肯把此心移学道，即生成佛有何难。

注：以上二诗亦为一首，于分为二。藏中佛法最重观想，观中之佛菩萨，名曰本尊，此谓观中本尊不现，而情人反现也。昔见他本情歌二章，余约其意为蝶恋花词云：静坐焚香观法像，不见如来，镇日空凝想。只有情人来眼上，亭亭铸出娇模样。碧海无言波自荡，金雁飞来，忽露惊疑状。此事寻常君莫怅，微风皱作鳞鳞浪。前半阕所咏即此诗也。

其二十

醴泉甘露和流霞，不是寻常卖酒家，
空女当垆亲赐饮，醉乡开出吉祥花。

注：空行女是诸佛眷属，能福人。

其二十一

为竖幡幢诵梵经，欲凭道力感娉婷，
琼筵果奉佳人召，知是前朝佛法灵。

其二十二

贝齿微张笑靥开，双眸闪电座中来，
无端觑看情郎面，不觉红涡晕两腮。

其二十三

情到浓时起致辞，可能长作玉交枝，
除非死后当分散，不遣生前有别离。

注：前两句是问词，后两句是答词。

其二十四

曾虑多情损梵行，入山又恐别倾城，
世间安得双全法，不负如来不负卿。

其二十五

绝似花蜂困网罗，奈他工布少年何，
圆成好梦才三日，又拟将身学佛陀。

注：工布，藏中地名，此女子诮所欢男子之辞。

其二十六

别后行踪费我猜，可曾非议赴阳台，
同行只有钗头凤，不解人前告密来。

注：此疑所欢女子有外遇而致恨钗头凤之缄口无言也。原文为髻上松石，今以钗头凤代之。

其二十七

微笑知君欲诱谁，两行玉齿露参差，
此时心意真相属，可肯侬前举誓词。

其二十八

飞来一对野鸳鸯，撮合劳他贳酒娘，
但使有情成眷属，不辞辛苦作慈航。

注：拉萨酒家撮合痴男怨女，即以酒肆作女闾。

其二十九

密意难为父母陈，暗中私说与情人，
情人更向情人说，直到仇家听得真。

其三十

腻婥仙人不易寻，前朝遇我忽成禽，
无端又被卢桑夺，一入侯门似海深。

注：腻婥拉荣，译言为夺人魂魄之神女。卢桑，人名，当时有力权贵也。藏人谓此诗有故事，未详。

其三十一

明知宝物得来难，在手何曾作宝看，
直到一朝遗失后，每思奇痛彻心肝。

其三十二

深怜密爱誓终身，忽抱琵琶向别人，
自理愁肠磨病骨，为卿憔悴欲成尘。

其三十三

盗过佳人便失踪，求神问卜冀重逢，
思量昔日天真处，只有依稀一梦中。

注：此盗亦复风雅，唯难乎其为失主耳。

其三十四

少年浪迹爱章台，性命唯堪寄酒怀，
传语当垆诸女伴，卿如不死定常来。

注：一云：当垆女子未死日，杯中美酒无尽时，少年一身安所托，此间乐可常栖迟。此当垆女，当是仓央嘉措夜出便门私会之人。

其三十五

美人不是母胎生，应是桃花树长成，
已恨桃花容易落，落花比汝尚多情。

注：此以桃花易谢，比彼姝之情薄。

其三十六

生小从来识彼姝，问渠家世是狼无，
成堆血肉留难住，奔去荒山何所图。

注：此竟以狼况彼姝，恶其野性难驯。

其三十七

山头野马性难驯，机陷犹堪制彼身，
自叹神通空具足，不能调伏枕边人。

注：此又以野马况之。

其三十八

羽毛零乱不成衣，深悔苍鹰一怒非，
我为忧思自憔悴，那能无损旧腰围。

注：鹰怒则损羽毛，人忧亦亏形容，此以比拟出之。

其三十九

浮云内黑外边黄，此是天寒欲雨霜，
班弟貌僧心是俗，明明末法到沧桑。

注：班弟教名，此藏中外道，故仓央嘉措斥之。

其四十

外虽解冻内偏凝，骑马还防踏暗冰，
往诉不堪逢彼怒，美人心上有层冰。

注：谓彼美外柔内刚，惴惴然常恐不当其意。

其四十一

弦望相看各有期，本来一体异盈亏，
腹中顾兔消磨尽，始是清光饱满时。

注：此与杜子美所写月中桂，清光应更多同意，藏中学者谓此诗以月比君子，兔比小人，信然。原文甚晦，疑其上下句有颠倒，余以意通之，译如此。

其四十二

前月推移后月行，暂时分手不需哀，
吉祥白月行看近，又到佳期第二回。

注：藏人依天竺俗，谓月满为吉祥白月。

其四十三

须弥不动住中央，日月游行绕四方，
各驾轻车投熟路，未须却脚叹迷阳。

注：日月皆绕须弥，出佛经。

其四十四

新月才看一线明，气吞碧落便横行，
初三自诩清光满，十五何来皓魄盈？

注：讥小人小得意便志得意满。

其四十五

十地庄严住法王，誓言诃护有金刚，
神通大力知无敌，尽逐魔军去八荒。

注：此赞佛之词。

其四十六

杜宇新从漠地来，无边春色一时回，
还如意外情人至，使我心花顷刻开。

注：藏地高寒，杜宇啼而后春至，此又以杜宇况其情人。

其四十七

不观生灭与无常，但逐轮回向死亡，
绝顶聪明矜世智，叹他于此总茫茫。

注：谓人不知佛法，不能观死无常，虽智实愚。

其四十八

君看众犬吠狺狺，饲以雏豚亦易训，
只有家中雌老虎，愈温存处愈生嗔。

注：此又斥之为虎，且抑虎而扬犬，读之可发一笑。

其四十九

抱惯娇躯识重轻，就中难测是深情，
输他一种觇星术，星斗弥天认得清。

注：天上之繁星易测，而彼美之心难测，然既抱惯娇躯识重轻矣，而必欲知其情之深浅，何哉？我欲知之，而彼偏不令我知之，而我弥欲知之，如是立言，是真能勘破痴儿女心事者。此诗可谓妙文，嘉措可谓快人。

其五十

郁郁南山树草繁，还从幽处会婵娟，
知情只有闲鹦鹉，莫向三岔路口言。

注：此野合之词。

其五十一

拉萨游女漫如云，琼结佳人独秀群，
我向此中求伴侣，最先属意便为君。

注：琼结地名，佳丽所自出。杜少陵诗云：燕赵休矜出佳丽，后宫不拟选才人。此适与之相反。

其五十二

龙钟黄犬老多髭，镇日司阍仗尔才，
莫道夜深吾出去，莫言破晓我归来。

注：此黄犬当是为仓央嘉措看守便门者。

其五十三

为寻情侣去匆匆，破晓归来积雪中，
就里机关谁识得，仓央嘉措布拉宫。

注：以上二诗原本为一首，而于本分之。

其五十四

夜走拉萨逐绮罗，有名荡子是汪波，
而今秘密浑无用，一路琼瑶足迹多。

注：此记更名宕桑汪波，游戏酒家，踏雪留痕，为执事僧识破事。

其五十五

玉软香温被裹身，动人怜处是天真，
疑他别有机权在，巧为钱刀作笑颦。

其五十六

轻垂辫发结冠缨，临别叮咛缓缓行，
不久与君须会合，暂时判袂莫伤情。

注：仓央嘉措别传言夜出，有假发为世俗人装，故有垂发结缨之事。当是与所欢相诀之词，而藏人则谓是被拉藏汗逼走之预言。

其五十七

跨鹤高飞意壮哉，云霄一羽雪皑皑，
此行莫恨天涯远，咫尺理塘归去来。

注：七世达赖转生理塘，藏人谓是仓央嘉措再世，即据此诗。

其五十八

死后魂游地狱前，冥王业镜正高悬，
一困阶下成禽日，万鬼同声唱凯旋。

其五十九

卦箭分明中鹄来，箭头颠倒落尘埃，
情人一见还成鹄，心箭如何挽得回？

注：卦箭卜筮之物，藏中喇嘛用以决疑者。此谓卦箭中鹄，有去无还，亦如此心驰逐情人，往而不返也。

其六十

孔雀多生印度东，娇鹦工布产偏丰，
二禽相去当千里，同在拉萨一市中。

其六十一

行事曾叫众口哗，本来白璧有微瑕，
少年琐碎零星步，曾到拉萨卖酒家。

其六十二

鸟对垂杨似有情，垂杨亦爱鸟轻盈，
若叫树鸟长如此，伺隙苍鹰那得撄？

注：虽两情缱绻，而事机不密，亦足致败，仓央嘉措于此似不远噬脐之悔。

其六十三

结尽同心缔尽缘，此生虽短意缠绵，
与卿再世相逢日，玉树临风一少年。

其六十四

吩咐林中解语莺，辩才虽好且休鸣，
画眉阿姊垂杨畔，我要听他唱一声。

注：时必有以不入耳之言，强聒于仓央嘉措之前者。

其六十五

纵使龙魔逐我来，张牙舞爪欲为灾，
眼前苹果终须吃，大胆将他摘一枚。

注：龙魔谓强暴，苹里喻佳人，此大有见义不为无勇之慨。

其六十六

但曾相见便相知，相见何如不见时？
安得与君相决绝，免教辛苦作相思。

注：强作解脱语，愈解脱，愈缠绵，以此作结，悠然不尽。或云当移在三十九首后，则索然矣。

仓央嘉措

庄晶译本

最权威的白话译本

庄晶，现代学者。精通汉藏双语。1950年代，庄晶先生偶然发现藏文木刻版的《仓央嘉措秘传》，曾将其中的主要内容信手翻译下来，可惜没有记下版本出处。1980年，庄晶先生依据拉萨哲通厦家刊印的木刻版《一切知音自在法祥妙本生的殊胜妙音天界琵琶音》，正式译为汉文，这是汉文版《仓央嘉措秘传》的起源。并由此掀起1980年代的一次史学界文学界研究仓央嘉措情歌与身世的热潮。

1

在那东山顶上，
升起了皎洁的月亮。
娇娘的脸蛋，
浮现在我的心上。

2

去年栽下的青苗，
今年已成禾束。
青年衰老的身躯，
比南弓还要弯曲。

3

心中爱慕的人儿，
若能够百年偕老，
犹如从大海深处，
采来了奇珍异宝。

4

邂逅相遇的姑娘，
浑身散发着芳香。
恰似白色的松石，
拾起来又抛到路旁。

5

高官显贵的小姐，
若打量她的娇容美色，
就像熟透的桃子，
悬于高高枝头。

6

已经是意马心猿，
黑夜里也难以安眠。
白日里又未到手，
不由得心灰意懒。

7

已过了开花的时光，
蜜蜂儿不必心伤。
既然是情缘已尽，
我何必枉自断肠。

8

凛凛草上霜，
飕飕寒风起。
鲜花与蜜蜂，
怎能不分离？

9

野鸭子恋上了沼池，
一心要稍事休憩。
谁料想湖面封冻，
这心愿只得放弃。

10

木船虽然无心，
马头还能回望人。
无情无义的冤家，
却不肯转脸看我一下。

11

我和集上的大姐，
结下了三句誓约。
如同盘起来的花蛇，
在地上自己散开了。

12

为爱人祈福的幡儿，
竖在柳树旁边。
看守柳树的阿哥，
请别用石头打它。

13

用手写下的黑字，
已经被雨水浸掉。
心中没写出的情意，
怎么擦也不会擦掉。

14

印在纸上的图章，
不会倾吐衷肠。
请把信义的印戳，
打在各自的心房。

15

繁茂的锦葵花儿，
若能做祭神的供品，
请把我年轻的玉蜂，
也带进佛殿里面。

16

眷恋的意中人儿，
若要去学法修行，
小伙子我也要走，
走向那深山的禅洞。

17

前往得道的上师座前，
求他将我指点。
只是这心猿意马难收，
回到了恋人的身边。

18

默思上师的尊面，
怎么也没能出现；
没想那情人的脸蛋儿，
却栩栩地在心上浮现。

19

若能把这片苦心，
全用到佛法方面，
只在今生此世，
要想成佛不难！

20

纯净的水晶山上的雪水，
荡铃子上面的露珠，
甘露做曲的美酒，
智慧天女当垆。
和着圣洁的誓约饮下，
可以了堕恶途。

21

时来运转的时候，
竖起了祈福的宝幡。
有一位名门闺秀，
请我到她家赴宴。

22

露出了皓齿微笑，
向着满座顾盼。
那目光从眼角射来，
落在小伙儿的脸上。

23

爱情渗入了心底，
能否结成伴侣？
答道除非死别，
活着绝不分离。

24

若依了情妹的心意，
今生就断了法缘；
若去那深山修行，
又违了姑娘的心愿。

25

工布小伙的心，
好像蜜蜂撞上蛛网。
刚刚缠绵了三天，
又想起了佛法未来。

26

你这终生的伴侣，
若真是负心薄情，
那头上戴的碧玉，
它可不会做声。

27

启齿嫣然一笑，
把我的魂儿勾跑。
是否真心相爱，
请发下一个誓来。

28

与爱人邂逅相见，
是酒家妈妈牵的线。
若有了冤孽情债，
可得你来负担。

29

心腹话没向爹娘讲述，
全诉与恋人情侣。
情侣的情敌太多，
私房话全被仇人听去。

30

情人依楚拉姆，
本是我猎人捉住。
却被权高势重的官家，
诺桑甲鲁夺去。

31

宝贝在自己手里，
不知道它的贵重。
宝贝归了人家，
不由得怒气满胸。

32

和我相爱的情友，
已经被人家娶走。
心中积思成痨，
身上皮枯肉瘦。

33

情侣被人偷走，
只得去打卦求签。
那位纯真的姑娘，
在我的梦中浮现。

34

只要姑娘不死，
美酒不会喝完。
青年终身的依靠，
全然可选在这里。

35

姑娘不是娘养的，
莫非是桃树生的？
这朝三暮四的变化，
怎比桃花凋谢还快呢？

36

自幼相好的情侣，
莫非是豺狼生的？
虽然是已结鸾俦，
还总想跑回山里。

37

野马跑进山里，
能用网罟和绳索套住。
爱人一旦变心，
神通法术也于事无补。

38

巉岩加狂风捣乱，
把老鹰的羽毛弄残。
狡诈说谎的家伙，
弄得我憔悴难堪。

39

黄边黑心的乌云，
是产生霜雹的根本。
非僧非俗的僧侣，
是圣教佛法的敌人。

40

表面化冻的土地，
不是跑马的地方。
刚刚结交的新友，
不能倾诉衷肠。

41

你皎洁的面容，
虽和十五的月亮相仿，
月宫里的玉兔，
性命已不久长。

42

这个月儿去了，
下个月儿将会来到。
在吉祥明月的上旬，
我们将重新聚首。

43

中央的须弥山王，
请你屹立如常。
太阳和月亮的运转，
绝不想弄错方向。

44

初三的月儿光光，
银辉确实清澄明亮。
请对我发个誓约，
这誓可要像满月一样！

45

具誓金刚护法，
高居十地法界。
若有神通法力，
请将佛教的敌人消灭。

46

杜鹃从门隅飞来，
大地已经苏醒。
我和情人相会，
身心俱都舒畅。

47

无论是虎狗豹狗，
喂它点面团就驯服。
家中的斑斓母虎，
熟了却越发凶恶。

48

虽有肌肤之亲，
却摸不透情人的深浅。
还不如在地上画图，
把星辰的度数计算。

49

我和情人幽会，
在南谷的密林深处。
没有一人知情，
除了巧嘴的鹦鹉。
巧嘴的鹦鹉啊，
可别在外面泄露。

50

拉萨熙攘的人群中间，
琼结人的模样儿最甜。
中我心意的情侣，
就在琼结人的里面。

51

胡须满腮的老狗，
心眼比人还机灵。
别说我黄昏出去，
回来时已经黎明。

52

入夜去会情人，
破晓时大雪纷飞。
足迹已印在雪上，
保密还有什么用处？

53

住在布达拉时
是日增仓央嘉措。
住在“雪”的时候，
是浪子宕桑旺布。

54

锦被里温香软玉，
情人儿柔情蜜意。
莫不是巧使机关，
想骗我少年的东西？

55

帽子戴到头上，
辫儿甩在背后。
这个说：“请多保重。”
那个说：“请你慢走！”
“恐怕你又要悲伤了。”
“过不久就会聚首！”

56

洁白的仙鹤，
请把双翅借我。
不会远走高飞，
到理塘转转就回。

57

死后到了地狱，
阎王有照业的镜子。
这里虽无报应，
那里却不差毫厘。

58

一箭射中鹄的，
箭头钻进地里。
遇到了我的恋人，
魂儿已跟她飞去。

59

印度东方的孔雀，
工布深处的鹦哥。
生地各不相同，
同来拉萨会合。

60

人们对我指责，
我只得承担过错。
小伙儿我的脚步，
曾到女店东的家里去过。

61

柳树爱上了小鸟，
小鸟对柳树倾心。
只要情投意合，
鹞鹰也无机可乘。

62

在这短暂的一生，
多蒙你如此待承。
不知来生少年时，
能否再次相逢。

63

背后凶厉的魔龙，
不管它凶也不凶。
为摘前面的苹果，
敢豁出这条性命。

64

压根没见最好，
也省得神魂颠倒。
原来不熟也好，
免得情思萦绕。

65

倾诉衷肠的地方，
是蓊郁的柳林深处。
除了画眉鸟儿，
没有别人知道。

66

花儿开了又落，
情侣相好变老。
我与金色小蜂，
从此一刀两断。

67

朝秦暮楚的情人，
好似那落花残红。
虽然是千娇百媚，
心里面极不受用。

68

恋人长得俊俏，
彼此情意绵绵。
如今要进山修法，
行期延了又延。

69

骏马起步太早，
缰绳拢得晚了。
没有缘分的情人，
知心话说得早了。

70

往那白鹫山上，
一步一步地登攀。
雪水溶成的水源，
在池塘中和我相见。

71

一百棵树木中间，
选中了这棵杨柳。
小伙我从不知道，
树心已经腐朽。

72

河水慢慢地流淌，
让鱼儿的胸怀放宽。
鱼儿放宽胸怀，
身心都能得到平安。

73

方方的柳树林里，
住着画眉吉吉布尺。
只因你心肠太狠，
咱们的情分到此为止！

74

山上的草坝黄了，
山下的树叶落了。
杜鹃若是燕子，
飞向门隅多好！

75

杜鹃从门隅飞来，
为的是思念神柏。
神柏变了心意，
杜鹃只好回家。

76

会说话的鹦鹉，
从工布来到这方。
我那心上的人儿，
是否平安健康？

77

一双眸子下边，
泪珠像春雨连绵。
冤家你若有良心，
好好地看我一眼！

78

在离别远行的时候，
送你的是多情的秋波。
请你用皓齿笑靥，
永远以真心对我。

79

翠绿的布谷鸟儿，
何时要去门隅？
我要给美丽的姑娘，
寄过去三次讯息。

80

在四方的玉妥柳林里，
有一只画眉吉吉布尺。
你可愿和我鹦鹉结伴，
一起到工布东面的地区？

81

东方的工布巴拉，
多高也不在话下，
牵挂着我的情人，
驱策着骏马飞奔。

82

琼结方方的柳林，
画眉索朗班宗，
不会远走高飞，
注定能很快相逢。

83

若说今年播种的庄稼，
明年还不能收成。
只有请甘霖雨露，
从天上降下来吧！

84

姑娘美貌出众，
茶酒享用齐全，
纵然死后成神，
不如与她结伴。

85

以贪嗔悭吝积攒，
虚幻妙欲之财，
遇到情人之后，
吝啬结儿散开。

86

我和红嘴乌鸦，
未聚而人言汲汲，
彼与鹞子鹰隼，
虽聚却无闲话。

87

河水虽然很深，
铁钩能捕到鱼儿。
情人口蜜腹剑，
心意尚未判断。

88

黑业白业的种子，
虽是悄悄地播下，
果实却隐瞒不住，
自已在逐渐成熟。

89

达布地方温暖，
达布姑娘俊俏，
若无无常死殁，
定能白头偕老。

90

风啊，
从哪里吹来？
风啊，
从家乡吹来！
我幼年相爱的情侣啊，
风儿把她带来！

91

在那西面峰峦顶上，
朵朵白云在飘荡。
定是那意增旺姆啊，
为我燃起祈福的神香。

92

水和乳液掺和，
金龟能够辨别，
我和情侣心身融合，
没有谁能够分别。

93

我心如洁白的哈达，
纯朴无瑕无玷。
你心间有什么图案，
画什么悉听尊便。

94

我心对你如新云密集，
一片真诚眷恋。
你心对我如无情的狂风，
一再将云朵吹散。

95

蜂儿生得太早了，
花儿又开得太迟了，
缘分浅薄的情人啊，
相逢实在太晚了。

96

仅仅穿上黄袈裟，
假若就成喇嘛，
那湖上的金黄野鸭，
岂不也能超度众生？

97

凭借拾人牙慧，
就算三学佛子，
那能言的禽鸟鹦鹉，
也该能去讲经布道！

98

江河宽阔的忧虑，
船夫可以为你除去，
情侣逝去的悲哀，
有谁能帮你排解？

99

到处在散布传播，
腻烦的流言蜚语。
我心中爱恋的情人，
眼睁睁地望着她远去……

100

衷心向往的方向，
毛驴比马还快，
当马儿还在备鞍时，
毛驴已飞奔到山上。

101

在金黄蜂儿的心中，
不知是如何思量。
而那青苗的心意，
却盼着甘霖普降。

102

故乡远在他方，
双亲不在眼前，
那也不用悲伤，
情人胜过亲娘。
胜过亲娘的情人啊，
翻山越岭来到身旁。

103

一庹高的桃树枝上，
桃花满目琳琅，
请对我许下诺言，
能及时结成硕果。

104

媚眼如弯弓一样，
情意与利箭相仿。
一下就射中了啊，
小伙我的心房！

105

在那山的右方，
采来无数矍麦。
为的是洗涤干净，
对我和姑娘的毁谤。

106

为了与娇娘结成眷属，
点燃虔诚的神桑。
从那左方山峰的旁边，
采来了神柏刺柏。

107

杨柳未被砍断，
画眉未被惊扰。
到玲珑的宗角鲁康，
当然有权去看热闹。

108

木船的马头昂首张望，
马头上的旗幡猎猎飘荡，
情人啊莫要忧伤，
我俩已经注在命运册上。

109

从东面山上来时，
原以为是一头麋鹿；
来到西山一看，
却是一只跛脚的黄羊。

110

满满的一渠流水，
汇潴于一个池中。
若能放下疑虑，
请到此池中引水吧！

111

太阳环绕四大部洲，
绕着须弥山转过来了；
我心爱的情人，
却是一去不再回头。

112

那山的神鸟松鸡，
与这山的小鸟画眉，
命中的缘分已尽了吧，
中间产生了磨难。

113

你对我的情分，
不要像对骏马似的牵引。
要像对那洁白的羔羊，
任它自由自在的牧放。

114

香浓的内地茶汁，
拌任何糌粑都很甘香。
我看中的亲密爱侣，
横看竖看就是漂亮。

115

白昼看美貌无比，
夜晚间肌香袭人，
我的终身伴侣，
比鲁顶的花儿更为艳丽。

116

挥舞着白色的良弓，
准备射哪支箭？
你心爱的情人啊，
我已恭候在虎皮箭囊之中。

117

天上没有乌云，
地上却风雪交加，
不要对它怀疑，
提防其他方面。

118

江水向下流淌，
渗流到工布地底。
报春的杜鹃啊，
不用心中悲戚！

119

由它江水奔腾激荡，
任它鱼儿跳来跳去，
请将龙女措曼吉姆，
留给我做终身伴侣。

120

白色睡莲的光辉，
照耀整个世界。
莲花花蕊茎上，
莲蓬在一旁成长。
只有我鹦鹉哥哥，
作伴来到你的身旁。

121

彼此无情的伴侣，
像神像没修完毕，
又如买来马匹，
却不会疾走驰驱。

122

向上师请赐教诫，
他也会慨然应允；
自幼相好的姑娘，
从不讲真心话语。

123

核桃可以砸开吃，
桃子可以嚼着吃。
今年结的青苹果，
却酸倒了牙齿。

附录一　仓央嘉措其人其诗

一、仓央嘉措生平年表

1642　五世达赖洛桑嘉措尊为西藏政教领袖，时二十五岁。

1679　桑结嘉措被五世达赖委任为西藏摄政第巴。

1682　五世达赖圆寂，桑结嘉措秘而不宣，整整十二年。这十二年期间，他是实际的摄政者。

1683　一岁。仓央嘉措于正月十六日生于山南错那门隅。据说，他出生时天降异象。其父扎西丹增是一位红教（宁玛教）徒，原居错那宗。

1686　四岁。从拉萨来了两个神秘的陌生人，确认仓央嘉措是五世达赖的转世灵童，但秘而不宣。此后，灵童的一切生活都在格鲁派的照料之下。

1692　十岁。仓央嘉措被秘密送往巴桑寺，由拉萨来的高僧传授他佛法。巴桑寺当时是一座红教寺院。戒规没有格鲁派那样清严。

1696　十四岁。第巴公开了仓央嘉措的活佛身份，并对外宣布了五世达赖的死讯。

1697　十五岁。此年燃灯节之际，在丹增达赖汗和第巴·桑结嘉措等藏蒙僧俗官员的参加下，仓央嘉措在布达拉宫的司喜平措大殿举行了坐床典礼，称第六世达赖喇嘛，成为格鲁派法王。清朝康熙皇帝从大局考虑，派出章嘉呼图克图等参加了典礼，并赏赐了珍宝。

1698 十六岁。仓央嘉措至哲蚌寺，从《菩提道次第广论》的开首处，开始听取法相经典。第巴教授其梵文声韵知识。另外，还从班禅大师及甘丹寺主持、萨迦、格鲁、宁玛等派有道上师学习大量显密经典。第巴对于仓央嘉措的学习，管理得非常严格。

1700 丹增达赖汗在西藏去世。其次子拉藏鲁白前来西藏，承袭了其父职位。蒙古施主当中对此也产生了赞同与反对的两种意见。另外，第巴对第五世达赖喇嘛的圆寂进行了长期保密，也引起了清朝康熙帝的不满。在西藏内部，由于第巴独断专行，长期“匿丧”，也招致哲蚌寺、色拉寺部分首脑不满，西藏政局复杂诡谲。这对仓央嘉措也有一定影响，有厌倦之意。

1701 十九岁。因为西藏政权之争，拉藏汗等蒙古部落首领根据一些传言，质疑仓央嘉措的身份，不承认他是六世达赖。

1702 二十岁。第巴劝其受比丘戒。他听从劝告，前往扎什伦布寺与班禅大师洛桑益西相见。但他最后拒绝受戒，还要求收回沙弥戒返俗。仓央嘉措在扎什伦布寺居17日后返回拉萨。自那以后，仓央嘉措时常穿起俗人衣服，去拉萨游荡。

1703 二十一岁。因拉藏汗与第巴政治矛盾加深，拉藏汗蛊惑康熙去查检六世法体的真假。

1705 二十三岁。第巴与拉藏汗矛盾冲突爆发，第巴兵败被杀。从此以后，蒙古人拉藏汗统治西藏前后长达十二年。

1706 二十四岁。拉藏汗掌握大权以后，对第六世达赖喇嘛多方责难。并说仓央嘉措不是第五世达赖喇嘛真正的转世灵童，他终日沉湎于酒色，不守清规，请予废立。康熙帝命废除仓央嘉措的职位，“执献京师”。经哲蚌寺时被营救，后在青海湖神秘遁走。生死成为一个谜团。

1707　二十五岁。拉藏汗将阿旺益西嘉措立为第六世达赖喇嘛，将其迎至布达拉宫坐床，他在位十二年。益西嘉措坐床以后，拉藏汗便上奏康熙皇帝，请求皇帝承认他是达赖喇嘛，并赐金印。皇帝依奏，赐金印一颗，印文为："敕封第六世达赖喇嘛之印"，被修改为"敕赐第六世达赖喇嘛之印"。但是，西藏僧俗群众皆不承认他是达赖喇嘛的转世灵童。

1707—1716 期间　自青海湖遁走后，他经打箭炉至内地的峨眉山等地去朝山拜佛。然后，又前后到藏、印度、尼泊尔等地云游。

1716 前后　他来到内蒙古阿拉善旗，从此在这里生活，先后当了十三座寺庙的住持，广结善缘，讲经说法。创下无穷精妙事业。

1746　六十四岁。5 月 8 日仓央嘉措在阿拉善坐化。

1757　仓央嘉措的弟子阿旺多尔济依照师父生前的意旨在贺兰山中修造广宗寺，寺内供奉着六世达赖灵塔（六世达赖肉身）。

1760　清廷赐该寺名"广宗寺"，授予镌有藏满蒙汉四种文字寺名的乾隆御笔金匾。从此南寺有了这个正式名称。

二、有关仓央嘉措的几个谜

1. 情歌之谜

目前仓央嘉措情歌的辑本种类很多。据藏文学研究专家佟锦华先生的统计，集录成册的有"解放前既已流传的拉藏式长条木刻本 57 首；于道泉教授 1930 年的藏、汉、英对照本 62 节 66 首；解放后，西藏自治区文化局本 66 首；青海民族出版社 1980 年本 74 首；北京民族出版社 1981 年本 124 首；还有一本 440 多首的藏文手抄本，另有人说有 1000 多首，但没见过本子"。

这些版本中提到的诗歌数目没有统一，内容和思想也有矛盾之处，这些到底有多少真正是仓央嘉措所作，目前尚无定论。学界比较通行的说法是他的诗作大概只有70首较为可信。

仓央嘉措情诗汉译本主要有白话本版本和古体本。其中于道泉教授译的是最权威的白话本，他的译本是用逐字翻译形式，精到准确，却美感不足，但古朴，流畅，有趣。他所翻译的62节66首应当是仓央嘉措情诗流传至今的大概数量。古体本主有刘希武的五言本和曾缄的七言本。其中曾缄的七言本影响较大，他的版本有文人气息，用词考究，意象丰富，也融入了译者个人对诗歌的主观感受。后来的版本也多是在这些版本的基础上润色的。

《仓央嘉措情歌》原来的题目是“仓央嘉措古鲁”，而不是“仓央嘉措杂鲁”。在藏语中，杂鲁是有规范的，杂是情，而古鲁的含义也有道歌之意。但于道泉先生视之为情僧，曾缄先生不仅将其诗歌定为情歌，还在略传中称其为“佛教之罪人，词坛之功臣，卫道者之所疾首，而言情者之所归命也”。在这种导引下，人们宁愿相信仓央嘉措的诗歌是情歌。而且，人们将仓央嘉措作为一种信仰，踵事增华，以至于现今以仓央嘉措为名的情歌也越来越多了。

2. 死因之谜

六世达赖仓央嘉措的死因，成了一个永远的谜。综合正史以及野史，关于仓央嘉措死还是没死，死亡时间和死亡地点，都没有一个统一的说法。综合起来，有如下几种记载：

传说一，仓央嘉措在押解进京途中，病逝于青海湖；

传说二，仓央嘉措在路上被政敌拉藏汗秘密杀害；

传说三，仓央嘉措被清帝囚禁于五台山，抑郁而终；

传说四，好心的解差将仓央嘉措私自释放，他最后成为青海湖边的一个普通牧人，诗酒风流过完余生。

流传最广的一种说法，也就是“密传”《琵琶音》的说法。“于火猪年当法王（即仓央嘉措）25岁时，被请往内地”。“次第行至东如措纳时，皇帝诏谕严厉，众人闻旨，惶恐已极。担心性命难保，无有良策以对。于是异口同声对仓央嘉措恳求道：‘您已获自主，能现仙逝状或将形体隐去。若不如此，则我等势必被斩首。’求告再三。仓央嘉措无限悲伤，话别之后，遽然上路，朝东南方向而去……”此后，他经打箭炉至内地的峨眉山等地去朝山拜佛。然后，又到前后藏、印度、尼泊尔、甘肃、五台山、青海、蒙古等地云游，讲经说法，广结善缘，创下无穷精妙业绩。

最后仓央嘉措在内蒙阿拉善地区弘法利生，并圆寂于此。亨年64岁。乾隆二十二年（1757年）六世达赖弟子阿旺多尔济依照师父生前的意旨在贺兰山中修造南寺，寺内供奉着六世达赖灵塔（六世达赖肉身）。

乾隆二十五年（1760年），清廷赐名该诗为“广宗寺”，授予镌有藏满蒙汉四种文字寺名的乾隆御笔金匾。此匾的落款为“大清乾隆岁次闰八月十六日”，从此南寺有了这个正式名称。

3. 形象之谜

仓央嘉措的形象在正史和野史传说中是不同的。正史中对这个历史人物的记载语焉不详，寥寥数语。首先是童年青少年时期，史书记载他是在秘密监护下学习，但民间对他这段时期的私生活发挥了充分想象。第二，活佛时期，他成为六世达赖，行坐床礼后的生活状况，记载也不多，且是侧面记载，通过五世达赖自传中可以得知，他拒受比丘戒。政敌拉藏汗说他行为不检，污其为假达赖。第三，死亡之谜。史书上只记载了康熙为求大局稳定，示意将仓央嘉措押送至京，但又没有更好的办法来安置他。这样，关于他死还是没死，也给民间提供了丰富的想象空间。

关于仓央嘉措的生活放荡史料记载很少，且有的也不可信。来源大概无外乎《列隆吉仲日记》、拉藏汗的奏报、五世班禅的自传及仓央嘉措的诗歌。至于他的不守教规，性迷菩提，他与玛吉阿米的动人爱情传说，不只是出于他生性放荡，想过世俗之人的生活。也许，他是想摆脱政教斗争的巨大压力和繁复严明的宗教仪轨，追求自由青春的生活和情爱。

仓央嘉措到底是一位情僧，还是一位得佛法真谛的高僧？他的诗到底是情诗还是宗教诗抑或是政治抒情诗？这是个见仁见智的问题。但有一点可以肯定，若不是以情诗的形式，而单纯以宗教诗视之，他的诗歌不可能在现在引起这么大的共鸣和影响。

西藏高僧的一段话颇为中肯："六世达赖以世间法让世人看到了出世法中广大的精神世界，他的诗歌和歌曲净化了一代又一代人的心灵。他用最真诚的慈悲，让俗人感受到了佛法并不是高不可及，他的特立独行让我们领受到了真正的教义。"

附录二　有关西藏

一、藏传佛教五大支派

宁玛派　藏传佛教最古老的一个派别。由于该教派僧人只戴红色僧帽，又称红教。“宁玛”藏语意为“古”、“旧”，其法统与吐蕃时期的佛教有直接传承关系故称为“古”，通称“旧译密咒派”。它是最早传入西藏的密教并吸收原始苯教的一些内容，重视寻找和挖掘古代朗达玛灭佛时藏匿的经典。其僧徒分为两类，一类不注重学习佛经，也没有佛教理论，而是注重念经念咒等社会活动；一类有经典和师徒父子之间的传承。某些地方的僧侣可以娶妻生子。著名的寺庙有多吉扎寺，敏珠林寺等。

格鲁派　“格鲁”意为善规，指该派倡导僧人应严守戒律。由于此派戴黄色僧帽，又称黄教。格鲁派既具有鲜明的特点，又有严密的管理制度，因而很快后来居上，成为藏传佛教的重要派别之一。该派奉宗喀巴大师为祖师。理论上奉行缘起性空，修行上采取“止观双运”的方法。格鲁派认为戒律为佛教之本，因此重视一切微细教法，要僧人以身作则，依律而行。清代格鲁派形成达赖、班禅、章嘉活佛、哲布尊丹巴四大活佛转世系统。哲蚌寺、色拉寺、扎什伦布寺等为代表的寺院。

萨迦派　“萨迦”藏语意为灰白色的土地，因该派的主寺萨迦寺所在地呈灰白色而得名。由于该教派寺院围墙涂有象征文殊、观音和金刚手菩萨的红、白、黑三色花条，故又称花教。13世纪中，萨迦派发展成具有强大政治势力的教派，有过著名的

“萨迦五祖”。注重经论的翻译及辩经，教法上有独特的“道果法”，即依次摒除“非福”、“我执”、“一切见”。萨迦寺至今仍是藏传佛教中藏书最为丰富的一座寺院。

噶举派 藏传佛教支派最多的教派。“噶举”，意为“口授传承”，谓其传承金刚持佛亲口所授密咒教义。因该派僧人按印度教的传统穿白色僧衣，故称为白教。噶举派主要学说是重派中观见，重密宗，采取口耳相传的传授方法，曾融合噶当派教义。修习上，噶举派注重修身，主修大手印法。这一派支系众多，有达波噶举和香巴噶举两大传承。噶举派主要寺院有西藏墨竹工卡的止贡寺、四川德格的八邦寺等。

噶当派 创建于1056年。藏语“噶”指佛语，“当”指教授。通俗说法是用佛的教诲来指导凡人接受佛教道理。噶当派的奠基人，是古格时期从印度迎请过来的著名佛教大师阿底峡，热振寺是噶当派的主寺。噶当派搜集保存的大量藏译佛经编订成《甘珠尔》、《丹珠尔》，这就是在佛教历史上具有重要地位的藏文《大藏经》最早的编纂本。噶当派由于教理系统化、修持规范化，因而对藏传佛教其他各派都有重大影响。后来逐渐融入其他支系，尤其是格鲁派。

二、活佛、堪布、喇嘛、仁波切

活佛 藏语叫“祖古”，是转世的修行者的意思，他与一般凡夫是不同的。活佛因愿力而来，凡夫因业力而来。活佛中有能胜任上师的，也有不能胜任上师的。活佛有两种：一是某位佛或圣者的化身，我们称为活佛。二是某位大师连续不断的转世。众多活佛的形成原因是因为西藏实行寺院高僧转世的制度，一个因此就会出现许多的活佛。而活佛也不一定都在寺院里，在家的活佛也有很多，有的甚至转世到汉地或国外，这是根据这位活佛的发愿或因缘而定的。他的悟性也比一般众生高，他有资格摩顶、加持灌顶，但需要修证才有资格传法灌顶。活佛须经大成就者、传承的认定，确认是某某成就者的转世，举行坐床仪式后才可以称“活佛”。

堪布 又名师傅、大师、亲教师等，是一种佛学的学位。担任这一僧职的高僧是藏传佛教各个寺院或大型寺院中各个札仓（学院）的权威主持人，相当于汉传佛教寺院中的方丈。由于担任堪布这一僧职应具备渊博的佛学知识，因而必须是寺院或札仓中最有学问的德高望重的高僧，故在藏传佛教寺院中担任堪布这一僧职的僧人大都是获得格西学位的高僧大德。

喇嘛 是藏文的音译，其本意为“上师”，在藏文中还含有“至高无上者或至尊导师”的意义。后来随着活佛制度的形成，“喇嘛”这一尊称又逐渐成为“活佛”的另一重要称谓，以表示活佛是引导信徒走向成佛之道的“导师”或“上师”。不是随便哪一个僧人都可以配得上“喇嘛”这个称号，但传到汉地以后，逐渐就变成对藏传佛教所有出家人的称呼。

仁波切 是藏文的音译，意指“珍宝”或“宝贝”。这是广大藏族信教群众对活佛敬赠的最亲切、最为推崇的一种尊称。广大藏族信徒在拜见或谈论某活佛时，一般称“仁波切”，而不呼活佛系统称号，更不直接叫其名字。基本上仁波切有两种：一是被称做活佛的转世的修行者；二是这一世努力修行使人敬佩尊重的修行者。在活佛的多种称谓中，“仁波切”是唯一普遍使用的一种尊贵的称呼。

三、六字真言

又作“六字大明咒”，汉字音译为唵（an）、嘛（ma）、呢（ni）、叭（ba）咪（mei）吽（hong）。是藏传佛教中最尊崇的一句咒语，密宗认为这是秘密莲花部的根本真言，也即莲花部观世音的真实言教，故称六字真言。

“唵”表示“佛部心”，念此字时要身、口、意与佛成为一体，才能获得成就，“嘛、呢”二字，梵文意为“如意宝”，表示“宝部心”，又叫嘛呢宝。据说此宝隐藏在海龙王的脑袋里，有了此宝，各种宝贝都会来聚会，故又叫“聚宝”。“叭、吽”二字，梵文意是“莲花”，表示“莲花部心”，比喻佛法像莲花一样纯洁。“咪”表示“金刚部心”，是祈愿成就的意思。即，必须依靠佛的力量才能达到“正觉”成就一切、普度众生、最后成佛的境界。藏传佛教将这六字视为一切根源，循环往复念诵，即能消灾积德、功德圆满。

藏传佛教宝典曾详述这六字的由来：说过去有一位无量光佛，想救济世界庶民，而现观自在菩萨之身，生于西方福德莲花国的王苑莲池。因他生在莲花上，故又称为莲花生菩萨。此菩萨在无量无边佛前发利益一切有情之大愿时，从身上发出六道光明，救济六欲界众生。后又为普度苦海，而现一面千手千眼之相。

“唵”能闭诸天之门，以白色表示。“嘛”能闭修罗之门，以青色表示。“呢”能闭人间之门，以黄色表示。“叭”能闭畜生之门，以绿色表示。“咪”能闭饿鬼之门，以红色表示。“吽”能闭地狱之门，以黑色表示。这六个字能令六道空虚，需要反复念持。

在广大藏区，六字真言随处可见，充分表现现藏族人民对幸福的憧憬，对佛的虔诚和他们美好善良的心地。藏胞们认为勤于念经是修行悟道的最重要条件。无论是老年人还是中年人、青年人都勤于念经。除了张口说话、饮食及睡眠外，他们几乎随时随地都在念经。念得最多就是六字真言：唵、嘛、呢、叭、咪、吽。

西藏人多将此六字大明咒刻于金石、木片等物之上，而立之于路旁，或写在布片上，挂在屋上，贴在水车、风车上，取其回转不绝之义，或装在小形圆筒上，一面持诵，一面回转。他们认为这样能了脱六道轮回之苦。

四、玛尼石和玛尼堆

玛尼石是藏传佛教文化影响下的一种信仰的产物。大小不一、形状不同，大的如山，小的则可以放入掌心，或圆或方呈天然状态。在藏族，凡人迹所至，随处可见这种石头，它寄托了人们刻在石头上的追求、理想、感情和希望。藏族人民有个习惯，路过玛尼堆时，他们会口中念念有词，呼唤天神，祈求上苍的恩赐与神灵的保佑，祛除灾难，得到幸福，并围绕玛尼堆转一圈，再添上一块石头。即使没有石头，也会添上动物头颅或角或羊毛，甚至自己头发之类的东西。这样，经过长期来往于此的人们不断添加，玛尼堆的规模会越来越大，有的会形成一道长长的玛尼墙，或者更进一步，建成一座壮观的玛尼城。

玛尼石有两种，一种是刻有图案或文字的。刻在玛尼石上的内容一般都与藏传佛教有关。有佛经，其中以六字真言居多，还有其他一些吉祥语言，还有佛像、神像等，也有动物或妖魔鬼怪，内容非常丰富。人们不仅将玛尼石置于自己经常转经或出入的地方，而且有些人还会把玛尼石当作圣物供在家中，或者带到遥远的朝圣之地。玛尼石还作为人们的保护神或被嵌在墙壁，或被挂于房上甚至有的地方还专门修建了供奉玛尼石的殿堂，殿内四周嵌满了玛尼石。还有一种是没有刻画图案或文字的。在加入到玛尼堆之前，它们只是普通的石头。加入了玛尼堆后，它们就成为了富有灵气，凝积着信徒内心深处祈愿的石头。

在山顶、山口、路口、渡口、湖边或寺庙、墓地常常堆放着玛尼堆。刻有图案或文字的玛尼堆一般出现在人们聚居地周围或离寺庙不远的地方，没有图案或文字的一般出现在荒野或山口。在传统的转经路线上，玛尼堆很大，规模也较大。

巨大的玛尼石需求量，造就了玛尼石刻艺人和艺术。与玛尼石的崇高地位迥异的玛尼石刻艺人遍布西藏各地，他们的社会地位卑微。虽然他们以此为生，但每刻一块玛尼石，他们也会虔诚地向神祈祷。按照朝佛转经人的要求，他们会刻以相应的内容。长期的磨炼，艺人们的石刻技艺不断提高，逐渐达到得心应手的境界，形成不同的风格，使玛尼石刻成为一种别具一格的艺术石刻。

五、经幡（风马旗）

西藏有随处可见的五彩经幡。它们挂在山顶、山口、江畔、河边、道旁、寺庙以及普通的民房或帐篷，还有自然界中的树枝上等各处被认为有灵气地方。经幡，也有人称它为祭马、禄马、风马旗等。这些幡上面都印有佛经，在信奉藏传佛教的人们看来，随风而舞的经幡飘动一下，就是诵经一次，在不停地向神传达人的愿望，祈求神的庇佑。这样，经幡便成为连接神与人的纽带。风幡所在即意味着神灵所在，也意味着人们对神灵的祈求所在。风幡寄托着人们美好的愿望，充当了沟通凡世与灵界的桥梁。

这些经幡多是用布制成的，也有用麻纱、丝绸及土纸做的。形状有方形、角形、条形，经幡有长有短，图案也各不相同。最长的经幡有3—5米长，60厘米宽，上面印有佛经和鸟兽图案，颜色或红或白，一般侧挂在广场、寺庙前的经幡杆上。短的经幡一般是呈蓝白红绿黄五色的方形经幡，上面印有佛经和鸟兽图案，往往被穿在一根长绳子上，横挂在人烟稀少的山口。挂在房顶上面的经幡一般是星火无字幡，由上面五块蓝白红绿黄色的幡条和下面一块单色镶边的主幡组成。随风舞动的经幡又被人们称作风幡。

这些经幡的颜色都有固定的含意。一般认为蓝幡是天空的象征，白幡是白云的象征，红幡是火焰的象征，绿幡是绿水的象征，黄幡是土地的象征。这样一来，也固定了经幡从上到下的排列顺序，如同蓝天在上、黄土在下的大自然千古不变一样，各色经幡的排列顺序也不能改变。另外，最常见的星火无字幡下有镶边的主幡。主幡颜色如同其他经幡一样有五色，镶边的颜色也是五色，但与主幡颜色绝不相同。这种星火无字幡常常挂在民居房顶，实际上就成了住在这所房子里的家庭的特殊象征。主幡的颜色代表了这个家庭中最受尊敬的长者的生辰年号，或铁或土或木或火或水，铁年用白色，土年用黄色，木年用绿色，火年用红色，水年用蓝色。而主幡镶边的颜色也不能随意搭配，必须符合藏历中关于母子生克学说中的相生原理：主幡用蓝，镶边用白；主幡用绿，镶边用蓝；主幡用白，镶边用黄；主幡用红，镶边用绿；主幡用黄，镶边用红。

新年里，几乎同一时间，家家户户都会换上新的经幡，新经幡装点的城镇面貌也为之一新。此外，在重要的日子，人们都会升挂经幡，如宗教节日、祭祖、重要节日、乔迁、婚嫁，甚至外出朝拜、办事等。任何一件在人们生活中被认为重要的事情，一般都要升挂经幡。被视为神山的冈底斯山，就在每年藏历的四月十五日隆重举行自古相传的更换经幡仪式。

六、西藏的牦牛崇拜

藏民族是一个有着自己完整而又独特文化传统的民族，有自己的语言、文字、风俗习惯、宗教信仰，牛头崇拜是西藏信仰之一。

到过世界上这片最后的净土上的人们都会注意到，这里无论是在高山之巅，还是在大河岸边，或是祭台下，无论是寺院周围、村舍的庄门顶端或者屋顶上，都堆有许多已被风化或刚刚新放置的牛头。拉萨的布达拉宫和药王山脚下，那里堆有无数牛头，其额际还刻有藏文的六字真言。在拉萨，你还可以见到许多服装、艺术品和旅游纪念品上，或编织或彩印着牛头图案。无论多么缺乏观察力的人，只要他到过藏区，就会注意到这个独特的现象。那么，这个全民信仰佛教的民族，为什么又如此喜欢和敬仰牛头，甚至虔诚地供奉它呢?

同其他民族一样，远古的藏族也信奉图腾。这种崇拜有的早已绝迹或者变形，有的却一直流传和沿袭至今，并因具有强大的生命力和精神内涵备受世人重视。藏族也一样，从每个部落来说，其崇拜物是有区别的。但牦牛对于整个藏民族来说，就像龙凤对于整个汉民族一样，是一个普遍的属于全民族的图腾偶像。它之所以能沿袭至今，一方面是藏族自古以来就认为万物有灵。

另一方面，因为牦牛是藏族最早驯化的牲畜之一，并且伴随着藏民族生存到了今天。它用它的血肉与性格影响了这个在高原上艰难地生存着的民族。它的肉、奶、酥油等是藏族的主食，它的皮革和毛也是藏族日用品不可缺少的原料，更重要的是它超常的生存能力以及吃苦耐劳、善良且不畏强暴的个性，曾潜移默化地影响了整个藏民族。可以说，历史上的藏民族，如果失去了牦牛，将失去一半的生存资源和活下去的精神依托。因而，除去它身体上被派去用场的部分，剩下的头便作为整个牛的精神代表而被高高地供起来，作为整个民族的图腾而赢得崇拜和敬仰。

附录三　误传的仓央嘉措诗

信徒

那一天
我闭目在经殿香雾中
蓦然听见　你颂经中的真言

那一月
我摇动所有的经筒
不为超度　只为触摸你的指尖

那一年
我磕长头匍匐在山路
不为觐见　只为贴着你的温暖

那一世
我转山转水转佛塔啊
不为修来生　只为途中与你相见

十诫诗

第一最好不相见，如此便可不相恋。
第二最好不相知，如此便可不相思。
第三最好不相伴，如此便可不相欠。
第四最好不相惜，如此便可不相忆。
第五最好不相爱，如此便可不相弃。
第六最好不相对，如此便可不相会。
第七最好不相误，如此便可不相负。
第八最好不相许，如此便可不相续。
第九最好不相依，如此便可不相偎。
第十最好不相遇，如此便可不相聚。
但曾相见便相知，相见何如不见时。
安得与君相决绝，免教生死作相思。

见与不见

你见，或者不见我
我就在那里
不悲不喜

你念，或者不念我
情就在那里
不来不去

你爱，或者不爱我
爱就在那里
不增不减

你跟，或者不跟我
我的手就在你手里
不弃不离

来我的怀里
或者
让我住进你的心里
默然　相爱
寂静　欢喜

在看得见你的地方

在看得见你的地方，
我的眼睛和你在一起。
在看不见你的地方，
我的心和你在一起。